一笑

古龍自署

國際學術研討會

古龍武俠小說 領先時代半世紀

【記者賴素鈴／報導】江湖代有才人出，這廂古龍凋零二十載，那廂今朝懸賞百萬獎新秀，浪淘不盡，唯有武俠熱愛，不隨時間變易，在學術研討會上更見分明。以「一代鬼才：古龍與武俠小說」爲主題，淡江大學第九屆文學與美學國際學術研討會昨起在國家圖書館，展開爲期兩天的議程，紀念武俠小說家古龍逝世二十周年，新生代學者與古龍故舊齊聚一堂，以文論劍話武俠。

日前與淡大中文系教授林保淳共同發表《台灣武俠小說發展史》，武俠小說評論家葉洪生昨天在專題演講中，直批胡適1959年底發表「武俠小說下流論」是「胡說」，學界泰斗的不當發言以及隨即展開的「暴雨專案」，反而促成1960年起台灣武俠新秀的繁興，「武俠小說迷人的地方，恰恰在門道之上。」，葉洪生認定，武俠小說審美四原則在文筆、意構、雜學、原創性，他強調：「武俠小說，是一種『上流美』。」

集多年心血完成《台灣武俠小說發展史》，葉洪生認爲他已爲從十歲起迷上武俠小說的半世紀畫上完美句點，並且宣布他「以後決心退出武俠論壇，封劍退隱江湖」。

雖然葉洪生回顧武俠小說名家此起彼落，套太史公名言「固一世之雄也，而今安在哉？」，認爲這是值得深思的嚴肅課題，昨天意外現身研討會而備受矚目的溫世禮，則爲了紀念同是武俠迷的哥哥溫世仁，推出第一屆「溫世仁武俠小說百萬大賞」，即日起至今年10月3日截止收件，經兩階段評選後於明年12月7日公布首獎得主，預料將會是一場武林新秀的龍虎爭霸戰。

看明日誰領風騷？風雲時代出版社發行人陳曉林眼中的古龍，其實領先他的時代半世紀，以致如今雖然古龍逝世20年，陳曉林認爲大家對古龍的了解仍然有限，預言未來世代更能和古龍的後設風格共鳴。

昨天這場研討會，也凸顯武俠小說作爲一項文學研究門類，仍有待開發學習空間。多位與會者都指出，武俠小說的發表、出版方式和管道具考證難度，學術理論與論文格式的建立待加強。而武俠名家的版權之爭、市場競爭力，也增加出版推廣困難，古龍武俠小說的版權糾紛、司馬翎作品的版權官司也成爲研討會的場外話題。

與

武俠小說

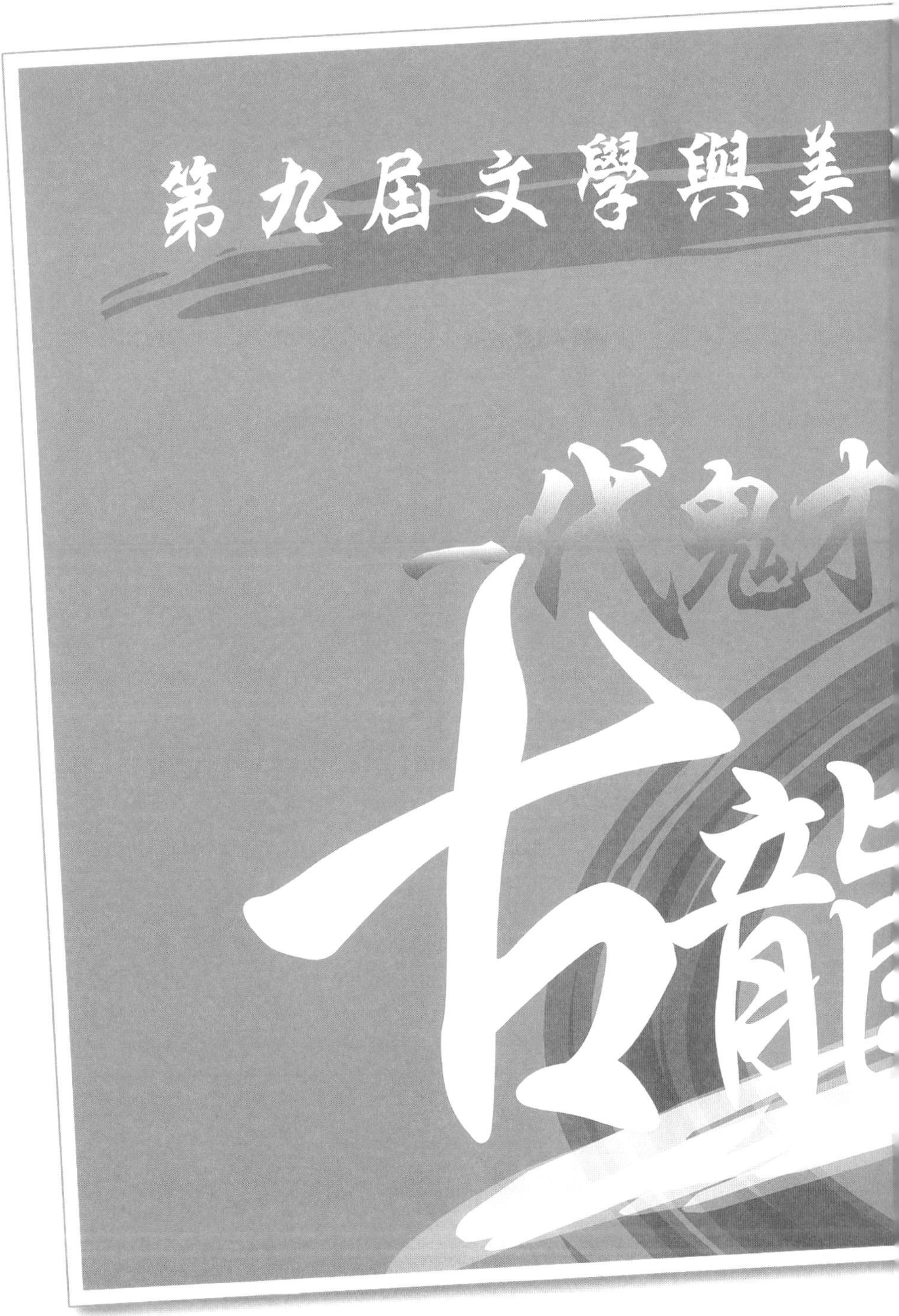
第九屆文學與美
一代鬼
古

古龍兄為人慷慨豪邁、跌蕩自如，變化多端，文如其人，且復多奇氣，惜英年早逝。余與古兄當年交好，且喜讀其書，今既不見其人，又無新作可讀，深自惋惜。

金庸

一九九六．十．十一．香港

金庸

古龍

古龍真品絕版復刻 8

遊俠錄

上

古龍 著

古龍真品絕版復刻說明

由於版權限制之故，本專輯「古龍真品絕版復刻」所集六種古龍最早期武俠作品，在台灣已絕版很多年，而本版推出後也不會再印行問世，故稱「絕版復刻」。此版本限量發行，只以饗有緣人。

殘金缺玉，碎鑽散翠，卻可由此透視後來光芒萬丈、膾炙人口的古龍武俠諸名著，其最根柢處的靈氣之源和俠情之始。凡對古龍作品有真正興趣、愛好的讀友，必會收存這個專輯，並可由此看出：當古龍將這些金玉鑽翠串綴起來時，是何等的璀燦奪目？

目錄

目錄

【導讀推薦】

雙線並進的《遊俠錄》：問世間，俠為何物？

著名文化評論家
秦懷冰

究竟如何去理解「俠」的內涵和底蘊，「俠」的真諦和侷限？這是古龍作品一直在探究的問題，也是古龍對武俠創作一直鍥而不捨的內在驅動力。在他最早期的作品中，《遊俠錄》是直接而深入地給出這個「大哉問」，並試著提出一己答案的代表作。

在本書中，遊俠謝鏗的意念與行徑，展示了古龍對俠義、俠情、俠道的一些基本體認及反思。當然，作為一位天才橫溢的小說寫手，古龍不可能以制式的武俠套路來表述如此沉重的反思，故而他除了在文字風格上較前此諸作品表現得更為簡截明快之外，還特意採取了全新的寫作方式：一是以雙線推動，將熱鬧熾烈的情節歸於「明線」，而將理念反思的設定置於「暗線」，這幾乎已是現代純文學作品的寫法了。二是古龍首次將電影「蒙太奇」的技法引入他的小說，日後他的作品遠較其他作家的作品更具動感，更富衝擊力，實與他這次的創意及創舉獲得了一定程度的成功，不無關係。

但古龍在作此嘗試前，卻也是惴惴不安，他在書末留下「附言」道：「《遊俠錄》這本書是一個嘗試，裡面有些情節承合的地方，是仿效電影『蒙太奇』的運用，但是這嘗試成功嗎？」顯然，這嘗試是成功的，並且為武俠創作開啟了一道可大可久的新路，後來的溫瑞安、黃易、黃鷹等各家，紛紛跟進雙線（或多線）寫法，並亦運用蒙太奇效果，足見古龍孤明先發，引領了武俠寫作持久的風潮。

在本書中，遊俠謝鏗與殺父仇人「黑鐵手」童瞳在黃土高原狹路相逢，就江湖規矩而言，有仇報仇為理所當然。但他卻不知，童瞳當年與其父的決鬥其實另有內情：當時單戀童瞳的女劍士「無影人」丁伶為恐童瞳不敵，先向對方下了

「無影之毒」，故童瞳鐵掌擊出時，已中了毒的對方隨即倒斃。但既是自己一方下的手，童瞳自當扛起責任，故對謝鏗的報仇無話可說。雖然，他早已與丁伶分手，也深自懺悔當年的莽撞。

在搏鬥中，山洞倒塌，黃土崩陷，情景猶如天崩地裂；加以丁伶派遣其女石慧前來暗助，又對謝鏗施毒；謝鏗兩度陷入垂危，皆為童瞳所救。但恩歸恩，仇歸仇，獲救的謝鏗仍與童瞳決戰，終於搏殺對方，報了父仇。

但謝鏗日後終究得知，嚴格說來父親其實並非為童瞳所殺，真正仇人乃是丁伶。故他毅然自斷雙臂，以償童瞳救命之恩，然後矢誓天涯海角去追殺丁伶，以報殺父深仇。

為了平衡如此沉重陰鬱的恩仇糾纏，古龍在明線中以石慧的意中人、天龍門的第四代英傑「雲龍」白非為主角，推展出一連串門派角逐、幫會內訌、千蛇之會、盟主之爭等引人入勝的武俠情節，並以白非、石慧這對歡喜冤家的情海波瀾為配方調料，務使全書氣氛趨於明朗，而非滯於陰鬱。最終斷臂的謝鏗仍擊殺了丁伶的相關情節，則是藉由旅館小廝的口述呈現出來，而非濃墨重彩地刻意凸顯。

可見古龍為了鋪陳其對「俠」之真諦的探究與反思，著實費了不少心力，在布局和技法上尤其別出心裁。

本書另一值得關注的看點，是古龍提到「無影人」丁伶之所以能施「無影之毒」，是因她在幼年遭人摧殘蹂躪下竟獲得前輩奇人「毒君」金一鵬所遺的《毒經》，其中並夾著另一奇人辛捷所修習「暗影浮香」的殘頁，故而她能成為武功既高、又能施毒的女魔頭。熟諳古龍作品的人大抵皆知，辛捷之師即是「七妙神君」梅山民，梅山民和「毒君」金一鵬都是古龍早期名著《劍毒梅香》中的不世奇人。

古龍對自己所創作的梅山民、辛捷、金一鵬等人物設定，顯然念念不忘；由此可見，古龍對自己當時頗費心力撰作的《劍毒梅香》未能終卷，而由上官鼎續完，畢竟仍有些悵然若失之感；所以，在另撰新書《遊俠錄》時，還念念不忘七妙神君、毒君、梅香神劍辛捷這些由自己塑造的武俠人物。

而在如此早期，古龍對其作品中刻畫的某些重要人物即已隱隱在賦予「譜系」關係，而非隨寫隨捨，實可見古龍對其作品在武俠小說史上必能自成一家之言的信心！

第一章 恩怨分明

夕陽古道

夕陽西墜，古道蒼茫——

黃土高原被這深秋的晚風吹得幾乎變成了一片混沌，你眼力若不是特別的敏銳，你甚至很難看見由對面走來的人影。

風吹過時，發出一陣陣呼嘯的聲音，這一切，卻帶給人們一種淒清和蕭索之意，尤其當夜色更濃的時候，這種淒清和蕭索的感覺，也隨著這夜色而越發濃厚了，使人禁不住要想儘快的逃離這種地方。

然而四野寂然，根本連避風的地方都沒有。

突然，你可以聽到一種聲音，那究竟是什麼聲音，是極難分辨得出的，因為你只能在一陣風過後、另一陣風尚未到來時那一刻時間裡聽到，是極為短暫和輕微的。

接著，你可以看到地上有一條蠕蠕而動的影子，當然，在這種情況下，你根本分辨不出那究竟是人影抑或是獸影。

呻吟的聲音發出了，於是你知道那是個人影，但是人影為什麼會在地上爬行呢？難道他受了傷？難道他生了病？

而且，他究竟是誰呢？從何而來呢？

這些問題，是很難得到解答的，只是此刻四野無人，根本沒有人看到他，自然也不會有人來思索這些難以回答的問題了。

他極為困難的又掙扎著爬行了一會兒，呼吸重濁而短促，顯見得他無論是受傷抑或是病了，都是非常嚴重的，嚴重的程度，已使他將要永遠離開這人世了，雖然人世也並不是他值得留戀的。

此時若有任何一個武林中人看到他此時的情況，都會驚異得叫出聲來的，也會不顧一切的來幫助他，只是此刻又有誰會看到他呢？

原來此人在武林中大大有名，江湖上提起遊俠謝鏗來，誰不稱讚一聲：「好男兒！」近十年來，他四處遊俠，江湖上沒有受到他恩惠的人，可謂極少，可是他此時此刻，又有誰會來幫助他呢？

風越發大了——

謝鏗覺得身上麻痹的感覺也越發顯著，他甚至連爬都幾乎爬不動，然而他卻不放棄他最後的希望，仍然在掙扎著。

因為他生存的目的，尚未達到，十年來他朝夕思切的事，仍未做到，他生存在世上，仍然有極大的價值，不然他此刻倒真的寧願死去，也不願再忍受這麼強烈的痛苦。

該會遇到個人吧？生存的意念，勃勃未絕。他暗忖：「難道真讓我死在這裡，唉！老天，你也未免太不公平了吧？」

最使他難受的是，到此刻為止，他還不知道他究竟是受了什麼人的暗算，而使自己有了這種幾將擴布全身的麻痹。他也曾思索過昔日的仇家，然而自山西的太原府一路至此，他卻沒有碰到過任何一個人呀？

何況即使他有仇家，也是少之又少的，因為他遊俠十年，總是抱著悲天憫人的心腸來扶弱，至於鋤強呢？只要不是十惡不赦的真正惡人，他總是諄諄善誘一番，然後就放走的。

因為他深切的瞭解，「仇」之一字在人們心裡所能造成的巨大傷痛，武林中多少事端，有哪一件不是為了這「仇」之一字引起的。

這是他親身所體驗到的，沒有任何言詞能比得上自己親身的體驗感人。

遊俠謝鏗出身武林世家，昔日他父親虬面孟嘗謝恒夫便是以義而名傳天下，哪知道卻因著一件極小的事故，仍被仇家所害。

那時謝鏗還小，但是這仇恨卻已深深的在他心中生了根。

這仇恨使得他吃盡了千百種苦頭去練武，藝成後又吃盡了千百種苦頭，跋涉萬里來尋找他殺父仇人的蹤跡。

這種他親身體驗到的事，使得他再也不願多結怨仇，也造成了他在江湖上慷慨好義的名聲。

然而他此刻又是受了誰的暗算呢？這令他百思不得其解。

他雖然並沒有留意提防，但是像他這種人自然會有一種異於常人的本能，使他能避免一些他預料不及的災害。

但是這一次，他那種敏銳的能力像是已經不再有功效了，他竟然絲毫不知道他是在何時何地受到暗算的，這在他說來，是絕對可驚的。

當他到了這黃土高原上的這塊曠野，這種麻痹的感覺才像決堤之水，湃然而來，他既沒有預料，也無法抵抗。

以他這麼多年的內功修為，竟也再支持不住，而跌在地上，甚至發出呻吟，因為除了麻痹之外，他還感覺到一種難言的痛苦。

更嚴重的是，這種痛苦與麻痹，此刻竟由四肢侵入頭腦了，這使他連思索都逐漸困難起來。

就在他將要失去知覺的這一刻裡，他彷彿聽到地的下面有人語之聲，他暗自嘲笑自己，地的下面怎會有人的聲音呢？

但是這人語又是這麼明顯，中間還夾雜著一些咳嗽的聲音，謝鏗的心思倏亂，幾疑自己已不在人世了。

他終於完全失去知覺，人語、風聲，他都完全聽不到了。

當然，他不知道，在他最後聽到的地下的人語，是完全正確的，在他所爬行著的地面下，的的確確有人住著。

西北的黃土，有一種特異的黏性，有許多人，就利用這種特異的土性，鑿壁而居，謝鏗存身之地，恰好是在一個高坡上，在這高坡的下面，就有不少人鑿壁而居，這種情形除了西北之外，是絕對沒有的。

當謝鏗恢復知覺的時候，他並不相信自己已由死亡的邊緣被救回來了。因為放眼望去，四周都是土壁，帶著點油的泥黃色，此外便一無所有，生像是一座墳墓。

他又呻吟了一聲，微一轉折，那種麻痺的感覺仍存在，卻已不如先前那麼劇烈了。

此時他更是疑竇叢生，不知道自己究竟遇到了什麼事。

他行走江湖這麼多年，這種事倒的確是第一次遇見。

須知昔日行旅遠不及今日方便，謝鏗雖有遊俠之號，但西北卻是第一次來，因為他聽到一些風聲，那就是他唯一的仇人、手刃他父親的鐵手神判童瞳已逃亡到了邊塞。

因此他絲毫不知道西北的風土人情，西北人鑿壁而居的特性，他當然更不會知道，此刻他存身之地竟是這等所在，自然難免驚懼。

謝鏗正自驚懼交集，眼前一花，已多了一人，他更驚，全身本能的一用勁，想跳起來，但仍然是力不從心，無法辦到。

這人來得非常突兀，竟像是從土壁中鑽出來的，此情此景，再加上這種人物，謝鏗膽力再雄，心頭也不禁微微生出些寒意。

但哪裡知道西北的這種土窯根本沒有門戶，只不過在入口處多了一重轉折，只要行動略為慢些，便使人看起來像是自壁中鑽出的，尤其是像謝鏗這樣從未到過土窯的人物，更容易生出這種錯覺。

那人雖仍強自偽裝著硬朗，但他臉上的皺紋和佝僂的身形，卻無法掩飾歲月所帶給他的蒼老。

只有他一對眼睛，卻仍然炯炯發出光采，毫無灰黯之色。

是以當人們第一眼看到他時，他所帶給人們的感覺，是極不相稱的。

試想一個人有著暮年人的身軀和面貌，卻有一對年輕人的眼睛，那在別人的心目中，會造成一種怎麼樣的印象呢？

謝鏗努力的收攝著自己的神智，他知道此刻他須應付一個極為奇特的遇合，只是他自己卻無法推測這種遇合究竟是禍是福罷了。

無影之毒

謝鏗的目光是深邃的，前額是寬闊的，這表示了他的智慧和慷慨。

然而此刻他卻迷惘了——

沉默了許久，那老人用一種極為奇特的目光望著他，目光中像是他對這被他冒著狂風救回來的年輕人竟有些恐懼。

誰也無法解釋他此時的情感，他以前做錯過一件事，為了這件事，他離開了他所熟悉的地方，拋棄了他原有的名聲和財富，來到這荒涼而淒冷的地方，一待就是二十多年。

很偶然的，他發現了這垂危的少年，更偶然的，他竟能看出這少年所受的毒，而花了極大的心思去救了他。

這不能不說是謝鏗的幸運，須知天下之大，除了施毒的人之外，能解開此毒的人，的確可以說得上是少之又少了。

而這寂寞、孤苦的老年人怎麼卻能夠為他解開此毒呢？

這當然又是個謎。

終於，老人笑了，雖然他的笑容有些勉強，但總算是笑了。

謝鏗也從驚駭中平復了過來，他想起了他方才的情況，對這老年人也無形中生出了感激。

老人帶著笑容走了過來，用手輕輕按了按謝鏗的肩頭，道：「你不要亂動。」伸手一摸謝鏗的前額，臉上竟流露出驚奇之色。

他雙目一張，緊緊盯在謝鏗臉上，流覽了一轉，道：「看不出你內力竟這麼深。」他長歎了口氣，又道：「只是你與他結了仇，大約你遲早總有一天會不明不白的死掉的。」

這老人雖然久居西北，但是鄉音未改，仍然是一口湖北官話。

須知年齡越大，學習別種方言也就越難，這幾乎是人類的通性。

謝鏗一愕，倏然色變，問道：「我和誰結了仇——」他對這老人的話的確是驚異了。

那老人兩條長眉一皺，道：「你難道不知道他？」他微一停頓，又接著說：「看你的樣子，大約在江湖上闖蕩過不少時候，在武林中也有些名聲，你難道沒有聽說過他？」

謝鏗倒吸了一口涼氣，驀地想起一個人來，脫口而出：「是他？」

那老人微一點頭。

謝鏗長歎了一聲，道：「這倒奇了，我和他素無仇怨的呀？」

一側頭，看到老人一隻枯瘦的手正按在他肩頭上，色如漆墨，黝黑得竟發出了光彩，心中忽然一動，臉色更是大變。

他開始靜靜的調勻體內的真氣，因為這時他已預料到將來的事端了。

「但願我的預料錯了。」他暗自思索：「無論如何，他總算於我有恩呀，如果我真猜中了。」又暗歎了口氣，接著想下去：「那我真不知如何是好，最糟的是我的猜想看來竟對了。」

他再偷窺一眼那老人的手，那老人仰望著窯頂，像是在想著什麼心事。

謝鏗費力的澄清自己的雜念，集中了心智來思索這件事。

「既然我中了『無影之毒』，而這老人竟能解救，看來我的猜想不會錯了。」他暗忖：「何況他的手竟和我聽到的符合。」

他將真氣極緩的運行了一周，雖然無甚阻礙，但仍然並不流暢。

於是他氣納丹田，屏除了一切心思，再開始第二次運行。

那老人低下頭來，又看了他一眼，心中也是百念交生。「真像他，除了父子之外，我相信再也不會有這麼相像的人了。」老人的長眉依然緊皺，像是心裡也有個解不開的死結，他暗忖著：「若他真是虯面孟嘗之子——」

他望著這靜臥在他面前的少年，面色已由蒼白而逐漸紅潤，他當然知道他正在運行著真氣。

「江湖傳言，虯面孟嘗的兒子是個義薄雲天的漢子，對我的仇怨，也是深如海淵。」他難受得很，禁不住又歎了口氣，暗忖：「唉，我昔年一時意氣，做錯了這件事，但是這二十年來我吃盡了苦，深自懺悔著，人們也該原諒我了呀。」

「他方才看了我的手兩眼，難道他已經知道我是誰了，所以他在運行著真氣——」

「此時，只要我手輕輕一伸，便可以點在他的『將台』穴上，那我就什麼事都不必憂慮了，但是我能這麼做嗎？」

他心中矛盾不已，連他自己也不知道究竟該怎麼做，為了一件錯事，他已付出了他生命中最好的時日來補償，此刻他能再做第二件嗎？

於是，他為自己做了個最聰明、也是最愚蠢的決定：「反正我已老了，對生命我也看得淡得多了，如果他真要對我如何，那麼就讓他來吧，昔年我欠人家的債，也早該還了。」

他也合上眼睛，雖然他知道將要發生什麼事，他也不去管它。

等到謝鏗覺得自己的功力已恢復了大半，他自信已可應付一切事了，他才睜開眼來，卻看到那老人仍靜立在他面前。

老人的雙手是垂下的，由手腕到指尖的顏色，的確是黝黑得異於常人。

「黑鐵手！」這名字在他腦中反覆思索著：「除了黑鐵手童瞳之外，武林中誰還能將『黑鐵掌』練到這種地步？」

他對他自己的推測，信心更堅定了，但是他究竟該怎麼對付這老人，他自己也無法做一決定，這正和那老人的心理完全一樣。

黑鐵手童瞳和虬面孟嘗謝恒夫之間的仇怨，雖然已過了二十多年，但江湖中人卻仍未忘懷，這因為那件事在當時所給人們的印象太深刻了。

何況虬面孟嘗的後人又是江湖人交口稱譽的義氣男兒，而他為報先人的仇怨，更是遍歷艱辛，這是江湖中人所共睹的。

是以這件事直到現在，仍被江湖中人時常提起，這件事的結果如何，也是大家所極為注意的。

二十多年前，正是虬面孟嘗盛名最隆的時候，山東濟南府的謝園，幾乎成了武林中人避難消災、求衣求食的唯一去處。

虬面孟嘗先人經商，家財巨萬，武功傳自少林，已有十成火候。

他仗義輕財，廣結天下武林豪士，家中雖然沒有三千食客，但座上客常滿，樽中酒不空，交遊之廣，一時無雙。

但是他少年任俠時，仇家也結了不少，只是他壯年之後，性情大改，昔日的仇家卻被他化解了不少，就還有些，但自忖之下，知道自己若和虬面孟嘗為敵，絕對討不了好去，也就忍下了氣。

虬面孟嘗心情大改，知道他所結下的樑子，都已解開，所以他卻再也料想不到，他昔日無意之中侮辱了一個人，卻是他致命之由。

世人之事，每多出乎人們意料之外，虬面孟嘗少年時，快意恩仇，在他手下喪生的黑道中人少說也有十數個，這些樑子，按說都極為難解，然而他卻能一一化解開了。

而他在市井之中無意侮辱了一個無禮少年，雖然只是一掌之辱，但是那少年卻緊緊記在心裡，多年來刻苦自勵，除了學成一身別人很難練成的極為陰毒的武功之外，還得到了當時武林中最大魔頭的青睞，而使得虬面孟嘗空有一身武功，竟在片刻之間就喪失了性命。

這又豈是虬面孟嘗所能預料的呢？

黑鐵神掌

黑鐵掌掌力既毒且強，但如想練成這種掌力，其艱苦也是常人所無法辦得到的。

童瞳少而孤露，混跡市井，雖然做的大多是見不得人的事，但是少年的熱血，卻使他凡事都以「義」字為先，所以他也算是個無賴中的好漢。

他無意中撞了虬面孟嘗一下，那的確是無意的，他根本看得很淡，正想走開，哪知卻被謝恒夫一掌摑在臉上。

這如果換了另外一個人，也許一天，也許十天，最多一月、兩月之後就會忘懷了，但童瞳卻不然，他將這永遠都記在心上。

於是他刻苦求藝，竟被他練成這種武林中極少有人練成的黑鐵掌，他以這武林秘技闖蕩江湖，不到兩年，黑鐵手童瞳的名字，在江湖中已經大有名氣，虯面孟嘗也有耳聞。

只是他不知道這江湖聞名的黑鐵手就是昔年他掌摑的無賴少年而已。

終於，黑鐵手去打虯面孟嘗了。

那是在虯面孟嘗慶賀自己的獨生兒子十歲生日的那一天。

山東濟南府的謝園裡，自然是高朋滿座，兩河東西，大江南北，成名露臉的豪士，只要是無急事的，差不多全來齊了。

就在那一天，黑鐵手取了虯面孟嘗的性命，謝恒夫一生豪俠，死狀極慘，在臨死前，他還說出一件令人髮指的事。

那就是他的致命之由，並不是中了黑鐵手的一掌，而是不知不覺，竟中了江湖聞而色變的無影人的無影之毒。

黑鐵手童瞳乘亂走了，又不免有些後悔，這是人們的通病，在事情未做之前，一廂情願，等到事情過後，卻又不免暗怪自己了。

何況他也知道虯面孟嘗在武林中朋友太多，自己也不能在中原武林立足，於是他遠奔西北，在這淒冷之地，一待就是二十多年。

這些年來，他閉門自思，心裡更難受，原來他本性不惡，只不過氣量太狹，將恩怨看得太重。

這可以有兩種說法，恩怨分明，本是大丈夫的本色，但含眥必報，卻有些近於小人行徑了。

此刻，這段二十多年的公案，似乎已到了獲得結果的時候，但是事情紛纏，卻竟讓這尋仇二十多年的孤子謝鏗受了童瞳的救命之恩。

於是殺父之仇、救命之恩這兩種情感在謝鏗心中交相衝擊著，使得這光明磊落的漢子一時之間也完全怔住了。

這種情景是極為微妙和奇特的，是任何人都無法形容得出的。

「他此刻也許還不知道我是誰吧？」謝鏗微微冷笑，暗忖：「二十多年來的追尋，今日總算有了結果了。」

他心中雖然怨毒已深，抬頭一望，看到童瞳蒼老的面容，再想到人家對自己的大恩，這麼深邃而久遠的怨仇，竟像是沖淡了不少。

童瞳輕輕咳嗽一聲，倏然睜開眼睛來，這給他蒼老的面容添了不少生氣。

兩人四目相對，童瞳微微含笑問道：「你是姓謝吧？」雖然這笑容使人看起來，並不能絲毫感覺有笑意，但他總算是笑著的。

謝鏗可大吃一驚，脫口道：「你怎會知道？」

童瞳又一笑，目光遠落在土壁上，說道：「我想你大概也知道我是誰了。」

他再一笑，笑聲中混合了更多的歎息，緩緩說道：「血債用血還，這我童某人知道得最清楚，你既是謝恒夫之後，二十多年前我欠你的，今天就還給你吧。」他雙目一張，豪氣頓生，彷彿變了一個人似的，朗聲道：「我可不是怕你，這點你要知道，只不過……」

他頹然長歎了一聲，蒼老之態，又復大作，接著道：「只是我年紀這麼大了，壯志早就消磨殆盡，你要動手，就請快些。」

說著，他又悄然閉起眼睛來，彷彿對任何事都不再關心了。

沒有任何事使得謝鏗像此刻這麼難受過，這是他平生所遇到的最難解決的事，也是他無論如何都一定要解決的。

他生平唯一的仇人和他生平最大的恩人，竟然同是一人，他緩緩抬起身子，緩緩的站在地上，此刻他與童瞳面面相對，童瞳臉上滿布著的皺紋，在他看起來更為明顯而清晰了。

土窯中又是一陣沉寂——

這使人感覺到更像墳墓了，突然——

在這極端沉默之中，發出一聲輕脆的笑聲，這種笑聲和這種情景，的確是太不相稱了。

童瞳和謝鏗同時一驚，身形半轉，眼光動處，卻看到這窯洞之內，竟突然多了一人。

那是個妙齡少女，一眼望去，身形婀娜，風姿如仙，在黯淡的光線之下，令人有突來仙子的感覺。

她帶著一臉輕巧的笑容，望著童瞳和謝鏗兩人，而童瞳和謝鏗兩人，卻被她真正的驚駭住了。

「這會是誰？」兩人都有這種想法，在荒涼的黃土高原下，在寒冷的秋夜裡，在這種淒冷的土窯中，竟會發現這麼個少女，這真是有些近於不可思議了。

那少女笑容未斂，滿頭秀髮，想是為了外面的風，用一條深紫色的羅帕包住，全身也穿著深紫色的衣服，在這種光線下，任何人都會將她的衣著的顏色看成是黑色的。

謝鏗與童瞳非但都是幾十年的老江湖了，而且武功之高，在江湖上也已可數得上是頂尖高手，但此時竟卻被這個少女震驚了。

一來是因為這少女竟在他們毫無知覺之間闖入，輕功之妙，可想而知。

再者當然他們都被這少女的來歷所迷惑了。

那少女巧笑倩然，婀婀婷婷的走了過來，走得越近，謝鏗越覺得她美豔不可方物，尤其是頰旁的兩個酒窩更是醉人。

童瞳的感覺和他大不相同。

他在心底又升起一份恐懼的感覺，這感覺竟和他第一眼看到謝鏗的面貌時完全相同，因這少女的面貌使他想起了另一個人，而這個人也是這昔年曾叱吒一時的黑鐵手深深懼怕的。

謝鏗只覺得心頭一蕩，他年已三十，闖蕩江湖也有十餘年，這種心裡搖盪的感覺，今日倒的確是他第一次所有的。

「你還沒死呀？」這是少女的第一句話，雖然仍是在巧笑中說出的，謝鏗聽了，可全然忘記了這少女笑容之美，心中大駭：「難道我身受之毒竟是這妙齡少女所施的，否則她怎會說出此話？」

哪知這少女一側臉，又笑著對童瞳說：「是你救他的嗎？」

童瞳心裡的驚恐，比謝鏗更甚，本已蒼白的面色，現在更是形同槁木了。

那少女依然笑得如百合初放，甚至連眼睛裡都充滿了笑意。

她輕輕一抬手，春蔥般的手指，幾乎指到童瞳的臉上，道：「你不要說，我也知道是你救他的，我真奇怪呀——」

她故意頓住話，明亮的雙眸，滴溜溜的在童瞳和謝鏗兩人身上打轉。

童瞳忍不住問道：「你奇怪什麼？」

那少女「噗嗤」一聲，笑出聲來，道：「我奇怪你，媽媽就是為了你，才叫我跟著這人，跟了幾千里路才下了手，可是你呀——」

她手一轉，手指幾乎戳到謝鏗臉上，接著道：「可是你卻將他救了回來，你說，這是不是奇怪呢？」

謝鏗一凜，暗忖：「果然是她下的手！」目光仔細的在她身上溜了一轉，暗忖：「誰想得到這麼個女孩子竟是殺人不眨眼的魔頭！」心念一動，又忖道：「聽她的口氣，昔年使江湖上最負盛名的七大鏢頭在一夜之間都不明不白身死的魔頭『無影人』竟也是個女子了。唉，這怎會讓人想得到呢？」

童瞳臉如死灰，脫口問道：「你媽媽也來了嗎？」語氣之中，顯然是對這少女的媽媽十分懼怕。

那少女又一笑，道：「瞧你那麼緊張幹嘛，媽媽才不會來呢。」她走了兩步，坐在土炕上，又道：「你以為你躲在這裡媽媽不知道？哼！那你就錯了，你的一舉一動媽媽哪一樣不知道？」

童瞳和這少女一問一答，謝鏗倒真的糊塗了，他隱隱約約有些猜到這黑鐵手昔日必定和無影人之間有些牽纏。

而這種牽纏，必定又是關係著「情」之一字。

但奇怪的是這少女最多只有十七八歲，而黑鐵手遁跡西北卻有二十多年了。這麼多年來，黑鐵手與無影人之間絕未會面，這從這少女和他的談話中可以聽得出來。

那麼這少女當然不會是童瞳所生，但這少女之父又是誰呢？

這是第一件令謝鏗費解之事。

再者童瞳彷彿對無影人甚為懼怕，一個男人為什麼懼怕一個對他有情的女人呢？

還有二十多年前無影人最多只是個二十歲左右的少女而已，一個少女怎會如此心狠手辣，而行事又怎會恁地詭秘呢？

最使謝鏗難解的是，這無影人對人施毒，究竟是用何種手段，竟在對方毫無所覺的情況下致人於死命，而對方卻又大多是武林高手。

以他自己而論，武功不說，江湖閱歷不可謂不豐，但是身受人家的巨創，連對方是誰，在何時何地下的手都不知道，這豈不是太奇怪了嗎？

他俯身沉吟，對童瞳和那少女的舉動，卻不甚注意了。

恩仇互結

但土窯外卻又有人輕輕咳嗽了兩聲，按理說在這種狂風之夜，土窯外的咳嗽聲應是很難聽見。

但奇怪的是這兩聲咳嗽聲音雖不大，但卻像是那人在你耳旁輕咳一樣，一聽而知土窯外的那人內功火候之深。

謝鏗是什麼人物，從這聲咳嗽裡，他極快地就判斷出這人功力之高，尤在自己之上。

他不禁大駭：「此地何來如許高手，此人又會是誰呢？武林前輩中功力比我高的並不太多，更從未聽說西北亦有如此高人。」

須知謝鏗在武林中已屬頂尖高手，知道有人功力高過自己，自然難免會驚異，也自然難免會有這種推測。

童瞳心中何嘗不是如此想法，聞聲後面色亦為之一變。

只有那少女，兩條長而秀的黛眉輕輕一皺，低啐道：「討厭，又跟來了。」

童瞳和謝鏗面面相對，他們之間恩怨互結，到了此刻，更無法作一了斷，童肩頭一晃，也未見如何作勢，人已飄然逸出窯外。

童瞳尚好，謝鏗此時心中的矛盾是可想而知的。

尤其是當這事又牽入第三者時，他更覺棘手，就事而論，那少女無疑的是站在童瞳一方，自己敵童瞳一人，自信還有把握。

但是如果加上這年紀雖輕、武功卻高、又會施毒的少女，那麼情況就完全不同了。

何況童瞳又於自己有恩，那麼在情在理，自己怎能動手？

若是自己不動手，那又算個什麼，自己那麼多年來還不是就為了將父仇作一了斷。

他眼中閃爍著不安的光芒，黑鐵手幼年混跡市井，壯歲闖蕩江湖，什麼事看不出來，他當然也知道謝鏗此時的心境。

他輕歎了一聲，沉聲道：「我已活了五六十歲了，人生什麼事都早已看穿，這六十年來我所經歷的也許比人家一百年還多，此時我就算一死，也算可以瞑目。」他抬起頭，目光緊緊盯住謝鏗的眼睛，接著說：「你動手吧，我絕不怪你。」

童瞳此時若和謝鏗翻臉，謝鏗一定會不顧一切的動手。

但他這麼一說，謝鏗卻越發難受，這是每一個男子漢所有的通性，一時之間，他怔在那裡，腦海中思潮混亂，不能自解。

人影一晃，那少女又掠了進來，笑道：「你們這是幹什麼呀？」玉手一揚，帶起一陣極為輕柔的掌風飄在謝鏗身上。

謝鏗一驚，身形後引，猛往上拔，他怕這少女的一揮掌裡蘊含著那種霸道的毒性。

哪知他用力過猛，這土窯高才不過丈許而已，他這一往上竄，頭立刻碰著土窯的頂，「砰」的一聲，撞得腦袋隱隱發痛。

那少女噗哧一笑，道：「別緊張！」謝鏗落在地上，滿面通紅，他自出道以來，從未遇過如此尷尬的情形，腦袋雖痛，連摸都不敢摸一下。

童瞳此時可笑不出來了，他心有內疚，自願一死，這倒不是他畏懼謝鏗在江湖上的勢力，而是他當日在掌擊虬面孟嘗之日，的確做了虧心之事，雖然那也並非該由他負起責任的。

他苦練黑鐵掌，在深山裡一個極隱秘的所在，築舍而居。

就在這時候，他無意之間救了一個中毒的少女，那時他並未學會解毒之法，但經他的悉心調護，那少女又是此道的大行家，清醒時一指點，加上童瞳天資極高，竟將那少女救活了。

那少女自稱姓丁，叫丁伶，其他的什麼都不肯說，對童瞳的救命之恩，願意以身相謝。

但童瞳雖不善良，卻是個真正的男子漢，不肯乘人之危。

丁伶這才真正感激，對童瞳說出了自己的來歷。

原來這中毒少女竟是江湖上聞而色變的無影人，她幼遭孤露，不到十四歲，就被七八個無賴少年輪流摧殘。

此後許多年，她更是受盡蹂躪，等她得到一本百餘年前的武林奇人「毒君金一鵬」所遺留下的秘笈「毒經」時，她竟不惜冒著萬難，走進深山大澤，將毒經裡所載的全學了去。

毒君金一鵬一代奇人，當年與「七妙神君」共同被尊為南北兩君，聲譽之隆，不同凡響。

這本毒經就是他一生心血之粹，被當時另一奇人辛捷得到後，辛捷天資絕頂，竟又悟出許多施毒的妙方，附加在這本毒經之後，只是辛捷壯年時武功大成，技傾天下，雖有這本毒經，卻未有大用。

晚年辛捷明心悟道，福壽雙修，已不是年輕刁鑽古怪的性子，變得淳樸敦厚，對這本「毒經」當然更不會用了。

但是這種秘笈他又不捨毀去，於是他就將它埋在當年他巧遇「七妙神君」梅山民，奔牛所闖入的那個五華山的秘谷裡。

也是丁伶機緣湊巧，竟被她無意之間得去了，最妙的是那本毒經裡還夾著一張修習「暗影浮香」心法的殘頁。

那是辛捷晚年時將自己一生武功之得，手錄成書時的一頁殘頁，他一時失誤就將它隨手夾入毒經裡，哪知卻造就了百餘年後的一個女魔頭！這自不是辛捷當時始料能及的。

丁伶亦是聰明人，竟從這篇殘頁修習到一身上乘輕功，想這「暗影浮香」乃是辛捷成名秘技，豈是普通輕功可比？

所以雖然只是一頁殘頁，已夠丁伶受用不盡了。

哪知她終日在毒裡打滾，自己也有中毒的一天，當她在炮製一種極厲害的毒草時，一時不慎，自己也身受劇毒。

於是這才有童瞳救她之事發生，當她將這些都說給童瞳知道時，童瞳當然也將自己的一切說給她聽，丁伶一生受辱，從未有人幫助過她，此時受了童瞳的大恩，又見童瞳是個真正的男子漢，不由自主的竟對童瞳生出了情意。

哪知童瞳對她卻僅有友情，而無愛意，世事之奇妙往往如此。人們喜愛的，常會是不愛自己的人，而愛著自己的人，卻得不到自己的喜愛，人間之癡男怨女何嘗不是由此而來。

同樣的道理，童瞳越是對丁伶冷淡，丁伶越覺得他是個守禮君子，一縷芳心，更牢繫在他身上。

這樣她竟陪著童瞳在深山廝守了許多年，童瞳的黑鐵掌能有大成，陪伴在他旁邊的丁伶當然給他不少幫助。

後來黑鐵手濟南尋仇，丁伶竟不等他動手就在虬面孟嘗身上施了毒，等到童瞳知道此事後，卻已經無法阻止了。

於是童瞳心中有愧，遠遁西北，二十多年來，丁伶也未曾找過他，他也漸漸忘卻了這一段情孽，只希望自己能在這寂寞淒清之地度完殘生。

這樣，他的心境自然是困苦的，讓一個一無所成的人這樣生活，他也許還不覺得怎樣。

但是黑鐵手在江湖已有盛名，又值壯年，每值春晨秋夜緬懷往事，心情落寞，自然有一定的道理。

二十多年過去，他將一生最美好的時光浪費在這種生活裡，只道世人已忘去了，因為他已習慣於忘去一切了。

各有心事

哪知造化弄人，今日偏又讓他遇著此事，當他第一眼望見那妙齡少女時，他就知道她必定是丁伶的後人，因為她們太像了。

於是往日他最痛心的兩件事此時重又牽纏著他，這寂寞的老人怎麼還會有笑的心境呢？

那少女依然巧笑倩然，看起來像是快樂已極，哪知人們的內心所想之事，又豈是人可以從外貌上看得出的呢！

丁伶自童瞳遠遁後，心情之惡劣與空虛，使得這女魔頭居然隱居了許久，世上的一切事，她都抱著不聞不問之態。

哪知她隱居越久，心情也就越發空虛，這是世上所有的妙齡少女——尤其是思春期間的少女都有的心情，何況丁伶的心扉，已被童瞳打開，被撞開心扉的女子，又更容易覺得寂寞的。

數年過去，這空虛的少女芳心終於被另一人的情感所填滿了。

武當派的入室弟子石坤天，就在丁伶心情最寂寞的時候，佔據了她的芳心，雖然丁伶的心目中，童瞳的地位不是任何人所能替代的。

以一個玄門正宗武當派的門徒，竟和江湖上聲名最惡的女魔頭成婚，這自然是一件非常奇怪的事，幸好丁伶的底蘊無人知道，江湖中連無影人是男是女都無法推測，更不會知道這丁伶就是無影人了。

十數年之後，他們的女兒石慧也長成了，非但學得了乃母的一身功夫和毒經秘技，乃父的一身內家真傳也得了十之七八，只是乃母嚴戒「毒經」所載之術，不到萬不得已之時，不得輕露罷了。

可是丁伶對童瞳的關心，數十年未嘗一日忘記，女子對她第一個戀人，永遠是刻骨銘心的。

於是石慧奉母之命來除去童瞳最大的對頭、江湖上素負義名的遊俠謝鏗。無影之毒，天下無雙，連江湖歷練那麼豐富的謝鏗，也在無影無形之中受了劇毒，若不是巧遇童瞳，一條命便要不明不白的喪在黃土高原上。

石慧奉命施毒，再跟蹤查看，卻發現謝鏗未死。

最令她奇怪的事是救了謝鏗的人竟是童瞳，她聰明絕頂，謝鏗與童瞳之間的矛盾，她瞬即就了然了。

她也不免為她母親昔年的情人感到難受，芳心暗忖：「我若是這兩人其中的任何一人，我也不知道究竟該怎麼做。」

此外，她心中還有一件秘密，秘密當然和方才在土窯外的咳嗽聲有關，只是這秘密是完全屬於她的，別人自然無法知道。

小小一間土窯裡，竟有三個身懷絕世武功的男女，而這三個男女之間恩怨互結，心事也各異。

唯一相同的是，這三人的心中都絲毫沒有愉快的感覺罷了。

局面是僵持的，誰也無法打開這僵局。

外面風聲越來越大，風聲帶起的那一種刺耳的感覺，也越來越凌厲。

童瞳暗暗皺眉，他在這裡二十多年，這麼大的風，倒是第一次遇到過。

石慧輕輕用手掩住耳朵，悄聲道：「這風聲好難聽。」

聲猶未了，只聽得驚天動地般的一聲大震，童瞳面如死灰，慘呼道：「土崩！」聲音裡恐懼的意味如死將臨。

石慧尚在懵懂之中，謝鏗久歷江湖，一聽「土崩」兩字，也是慘然色變。

童瞳和謝鏗都是經過大風大浪的人物，立刻便想到該如何應付這突生之變，在這生死一線的關頭裡，他們數人之間的恩怨，倒全忘記了。

可是他們念頭尚未轉完，另一聲大震接著而來，這不過是剎那間的事。

隨著這一聲巨震，這土窯的四壁也崩然而落，三人但覺一陣暈眩，眼前塵土迷亂，彷彿天地在這一剎那間都毀滅了。

黃土高原上的土崩絕少發生，是以居民才敢鑿土而居，但每一發生，居住在黃土高原上的居民，逃生的機會確是少之又少的。

就在這土原崩落之際，童瞳的土窯外一條灰色人影沖天而起，身法之驚人，更不是任何人可以想像得到的。

塵土迷漫，砂石飛揚，大地成了一片混沌，塵土崩落的聲音，將土窯裡居民的慘呼完全掩沒了。

劫後餘生

大劫之後，風聲頓住，一切又恢復靜寂了。

只是先前的那一片土原，此時已化為平地，人跡渺然，想是都埋在土堆之下了。

良久——

有一堆黃土突然動了起來，土堆下突然鑽出一個人頭，髮髻蓬亂，滿臉塵土，接著露出全身，此刻若有人在旁看到，怕不要驚奇得叫起來才怪。

皆因這種土崩聲勢最是驚人，被埋在黃土之下的人，居然還能逃得性命，這簡直是奇蹟了。

那人鑽出土堆後，長長吐了一口氣，但呼吸仍是急促的。

這個人在砂土下屏住呼吸那麼久，當他呼吸到第一口空氣時，其歡喜的程度，真比沙漠中的行旅發現食水時還要強烈多倍。

謝鏗此時的心情就是如此的，這種由死中回生的感覺，他雖不是第一次，但不可否認的，這次卻是最為確切而明顯。

當黃土下潰時，他已沒有時間多作思索，在這生死一線之際，他需要極大的機智和勇氣，來為保護自己的性命做一決定。

這種土崩，和河水潰堤時毫無二致，就在這種短暫的一剎那裡，謝鏗聰明的選擇了一條最好的路。

這幾乎是出於本能的，因為他不可能有這種經驗，他立刻屏住呼吸，縱身上躍，黃土也就在他縱起身形的那一刻裡崩然而下。

他揚手發出一陣極為強烈的掌風，那雖然不能抵擋住勢如千鈞而下的黃土，但卻將那種下壓之勢稍微阻遏了一些，這樣砂土擊在他的頭及身上時，也稍微減輕了一些力量。

於是他在空中再次借力上騰，這全靠他數十年的輕功修為了。

他兩次上騰的這段時間內，黃土已有不少落在地面上，是以當他無法再次上騰時，壓在他身上的黃土便大為減少了。

這當然是他能在這次土崩中逃生的原因，任何事對人來說，幸運與否，是全在他自身有沒有將這件事處理得妥善，至於天命，那不過僅是愚蠢的人對自己的錯誤所做的遁詞罷了。

謝鏗很快的恢復了正常的呼吸，這是一個內功深湛的人所特有的能力，抬頭一望，蒼穹浩浩，雖無星月，然而在謝鏗此刻的眼中，已經是非常美麗的了，他苦歎了口氣，方才當砂土壓在他身上時所發生的窒息感覺，此刻已遠離他而去了。

他略為舒散了一下筋骨，四顧大地，暗黑而沉重。

這時候，他才有時間想起許多事，而第一件進入他腦海的，便是土崩前和他同室而處的人此刻會怎樣了呢？

唯一的答案就是仍然在土堆之下，這謝鏗當然知道，這時他內心又不禁起了矛盾。

若他此時甩手一走，童瞳和那少女自然就永遠埋身在土堆之下，這麼一來，方才謝鏗所感到的難題不就全部解決了嗎？

只是凡事以「義」為先的謝鏗卻做不出這種事來，他暗忖：「方才我身中劇毒，那『黑鐵手』若不來救我，我等不到這次土崩，早就死了，此恩不報，我謝鏗還算人嗎？」

「雖然他與我有不共戴天之仇，但那也只有等到以後再說了，大丈夫恩怨該分明，仇固然要報，恩也是非報不可的。」

他決心一下，再無更改，俯首下望方才自己鑽出來的地方，略為揣量了一下地勢，暗忖：「他們也該在我身旁不遠的地方。」真氣運行，貫注雙手，朝土堆上猛然一推一掃。

黃土崩落後，就鬆散的堆著，被他這一推一掃，立刻蕩開一大片，他雙掌不停，片刻之間，已被他蕩開了一個土坑。

但這種土崩聲勢何等驚人，黃土何止千萬噸，豈是他片刻之間能掃開一處的？尤其是他劇毒初癒，雖說內力驚人，但總不及平日的威力，他一鼓作氣，先前還好，但後力總是不繼了。

汗珠涔涔而落，他也不顧，這時他心中唯有一個念頭，那就是救出和他同時被壓在黃土下的兩個人。

至於他們在土堆之下能否生存，卻不是他能顧及得到的了。

「無論如何，我這只是盡心而已……」他雙掌一揚，掌風颼然，又蕩起一片黃土，暗忖道：「否則我問心有愧，將終生遺憾的。」

夜寒如冰，黃土高原上秋天的夜風已有刺骨的寒意，但是他渾身大汗，卻宛如置身於炎日裡。

那黃土堆少說也厚達數丈，此刻竟已被他蕩開一個丈許深的土坑，由此可見，他掌力之雄。遊俠謝鏗在江湖上能享盛名，確非倖致。

但饒是如此，要想將土堆蕩開一個能夠見底的土坑，還是非常困難，何況即使蕩成一坑，童瞳和那少女是否就在這土坑下，也是個極大的問題，但謝鏗此刻卻渾然想不起這一切了。

謝鏗氣息咻咻，真力實已不繼，他每次一揚掌時所揮出的掌風越來越微弱，蕩起的黃土自然也就越來越少了。

他停下了手，靜息了片刻，體內的真氣舒泰而完美的運行了數周，便再次開始第二次努力。

黃土蕩開後，便堆在兩邊，土坑更深，他掌力運用時自然也就更困難，到後來簡直連他自己都覺得有些不可能了。

但他一生行事，只要他自認為這件事是該做的，他就去做，從來不問這事是否困難，此刻他雖無把握達成目的，但仍絕不收手，這就是他異於常人之處，也是他享有義名之由。

驀然，他猛然收攝了將要發出的掌力，因為他在黃土迷漫中發現了一隻穿著草鞋的腳，毫無疑問的那屬於黑鐵手的。

他大喜之下，縱身入坑，伸手一抄，那隻腳入手冰涼，他又一驚，暗忖：「他難道已經死了？」

這念頭一閃而過：「無論如何，即使他死了，我也該將他好生埋葬，從此我才算恩仇了了，不欠別人，別人也不欠我了。」他暗自思忖，左掌一揮，捉著那隻腳的右手猛一用力外拉，黃土再次飛揚，弄得他一臉，他左掌如刀，往黃土上一插，硬生生的插了進去。

他感覺到左手已觸及童瞳的身軀，於是他再一用力，忽然想到：「如果這樣拖他出來，他頭面豈非要被擦破？」

這時候，可顯出他的為人來了，童瞳雖然生死未明，他卻不忍讓人家身體受損。

於是他雙手一齊用力，將土坑又掘了一個洞，這麼一來，上面的黃土又往下鬆落，他心裡一急，雙手一推，竟以內家正宗的排出掌力擊向土堆，雙手隨即向童瞳的身軀一抄。

想這土堆已鬆落，怎禁得起他這種掌力，隨即又陷了一個洞，上面的黃土又崩然而落。

就在這急不容髮的一刻裡，他抄起童瞳的身軀，雙腳微一弓曲，身形暴退，掠出坑外。

這麼一來，那土坑自然又被上面潰落的黃土填平，謝鏗不禁暗呼僥倖，因為再遲一刻，他又要被埋在土堆之下了。

他略微緩了口氣，對童瞳的生存本已未抱太大希望。哪知他伸手一探童瞳的胸口，竟還微溫，再一探鼻息，似乎也像未死，此刻他的心境本該高興，因為他全力救出的人並未死去。

可是人類的心理往往就是如此矛盾，他一想到自家與此人之間的恩怨難了，心思一時又像給阻塞住了。

秋風肅寂，四野無人，他一伸手，二十多年的仇怨便可了結，但是他既救出此人，又焉有再將此人致死的道理？

他緩緩的捉著童瞳的兩隻手，上下扳弄了幾次，雙掌再滿聚真氣，竟拚著自家真氣的消耗，來為與自己恩仇纏結的人推拿。

當童瞳恢復知覺的時候，第一眼看到的自然也是謝鏗，那時他心中的感覺，更難以言喻。

謝鏗看到他睜開眼睛來，自己卻已累得渾身骨節都像拆散，疲憊的躺了下來，身體下的黃土雖不柔軟卻已足夠舒服了。

他剛好躺在童瞳身側，兩人呼吸互聞，睜眼所望的，也是同一片天空，但是又有誰會瞭解這兩人從此開始恩已結清，所剩下的只有仇了呢！

良久，東方似已現出白色，曉色已經來了。

他們都已緩過氣來，童瞳可算是老於世故的了，他仰視著已現曙色的天空，緩緩道：「我救了你一次，你也救了我一次，你問心可說無愧，現在，我想你總可以動手了吧！」

不知怎的，謝鏗又覺得有種說不出來的難受，一時竟未答話。

童瞳又道：「你若認為殺一個不回手的人是件不光榮的事，我也可以奉陪閣下走幾招！」

他乾笑了幾聲，接著說道：「我年紀雖老，功夫可還沒有丟下，姓謝的，你接不接得住還不一定呢！」

口鋒仍厲，但語氣中卻不禁流露出英雄遲暮時那種蒼涼之意。

謝鏗沉吟了一會，道：「勝負雖難料，但今日就是你我一決生死的時候了。」他頓了頓，又道：「我也知道，我雖然也救了你一次，並不能說你的恩我已報清了，只是殺父之仇……」

童瞳忽然打斷了他的話，道：「閒話少說，現在你我之間已不相欠，還是手底見輸贏最好。」

此時他語氣一反先前的軟弱，聽起來還像是他已然發怒。

其實他用心良苦，因為他明知道謝鏗不會向一個沒有回手之力的人下手，因此故意用話相激。

謝鏗一生好義，他卻不知道這老人對他也可說是義重如山呢。

終有一鬥

兩人不約而同，幾乎是同時由地上竄了起來，童瞳微微挽了挽衣袖，因為他此時所穿的僅是普通衣著而已，並非謝鏗所穿的那種緊身之衣。

他一抬頭，正好瞪在謝鏗臉上，不禁暗忖：「果然是條漢子！」

謝鏗燕頷虎目，鼻如懸膽，是江湖上有名的英俊男子，只不過缺少些瀟灑飄逸的風度而已。

兩人相對而立，四目凝視，竟誰也發不出第一招來。

晨風漸起，金烏東升，雖然有風，卻是個晴朗的天氣。

童瞳眼光一瞬，暗忖：「這人倒真是個義氣漢子，我童瞳一生中惡多於善，今日倒要成全這孝子。」他多年獨居，已將性情陶冶得處處能替別人著想，他生活雖然孤寂，若說生命對他已絕無留戀，那還是欺人之談的。

須知無論任何人，縱然他活得十分困苦，但對生命仍然是留戀的，此刻童瞳卻願以自己的死來成全別人，這份善良的勇氣，已足可彌補他在多年前所做的罪惡了。

於是他再不遲疑，口中低喝：「接招！」身形一晃，左掌橫切，猛擊謝鏗的頭部，右掌直出，中途卻倏然劃了個小圈，變掌為指，指向謝鏗右乳下一寸之處的「乳泉穴」。

這一招兩式快如閃電，黑鐵掌力舉世無二，掌雖未到，謝鏗已經覺出一種陰柔而強的掌風颼然向他襲來。

他久經大敵，當然知道厲害，身形的溜溜一轉，將童瞳這一招巧妙的從他身側滑開。

右掌一穿，卻從童瞳這兩式的空隙中倏然而發，避招發招，渾如一體，腳步一錯，卻不等這招用老，左掌已擊向童瞳胸腹。

童瞳傲然一笑，二十多年來，他未與人動手，此時不免存在髀肉復生之意，想試試這譽滿江湖的年輕人功力究竟如何。

同時他雖然自願成全謝鏗，但名駒雖老，伏櫪卻未甘，臨死前也在馳躍一番，來證明自己的筋骨並未變老呢！

於是他猛吐了口氣，掌影交錯，掌法雖不驚人，而且有些地方的運用已顯得有些生硬了。

但是他數十年修為的黑鐵掌力，卻彌補了他掌法上的弱點，是以謝鏗也不免心驚，連換了三種內家正宗的玄門掌法，仍未占得什麼便宜，他闖蕩江湖，尚以今日一戰，最感棘手。

於是他暗忖：「這黑鐵手確實有些門道！」爭勝之心也大作。

兩人這樣一來，掌法都更見凌厲，掌風的激蕩，使得地上的黃土又飛舞彌天，更增加了這兩個內家名手對掌時的聲勢。

此兩人正代表武林中兩代人物，謝鏗招式變的極快，身形運轉亦速，但稍顯沉不住氣，致有許多極微小的疏漏。

而童瞳身形凝重，卻以沉著補救了一切，他見招化招，並不急切的攻人傷敵，這與他二十多年來性情的陶冶，大有關係。

但兩人功力卻有深淺，童瞳這些年來內功雖有進境，但身手卻未免遲鈍了些，何況他究竟年老，生理上的機能比不上正值壯年的謝鏗，數十個照面一過，已漸落下風了。

但一時半刻之間，謝鏗卻也無法傷得了他，他雙掌黝黑，謝鏗也不敢與他對掌，這因為黑鐵掌力在武林絕少，在此之前，謝鏗也從未遇過。

東升的旭日，片刻之間，卻被陰霾所遮，大地上立刻又呈現出一種冷漠淒清的味道。

謝鏗暴喝一聲，雙掌中鋒搶出，又是排山掌力，他怎會看不出童瞳已到了力不從心的階段，是以出此極為冒險的一掌。

童瞳立刻雙掌回圈，想硬接他這一掌，當然他也看出謝鏗不敢和他對掌，哪知謝鏗掌力含蘊未放，腕肘猛沉，掌緣外分，雙掌各各劃了個半圈，竟由內家掌法變為外家的雙撞手。

這一下他招式的變幻大出常理，童瞳一驚，心裡突然生出同歸於盡之念，根本不去理會對方這一記煞手，雙掌原式擊出，攻向謝鏗胸腹之間的空門。

謝鏗一咬牙，也拚著身受一掌，因為他覺得這樣在良心上說來，也許還較為好受些。

兩人出招俱都快如電光火石，若兩人招式一用老，誰也別想逃出活命。

但就在這瞬息之間，童曈的掌緣已接觸到謝鏗的衣服，但是他卻在這一刻裡倏然放棄了與人同歸於盡的想法。

是以他雙掌僅在謝鏗身上輕輕一按，雖然因為他心念的這一變動，招式連帶而生的緩慢，即使他想用出全力也不可能了。

謝鏗的雙撞手卻是全力而為，童曈焉有活路？近百十年來，內家高手死在這種外家拳術之中的，這還是第一次。

謝鏗一招得手，心裡卻凜然冒出一股難言的滋味。

他在發招之時，本也抱著同歸於盡之念，哪知人家的雙掌卻僅僅在自己身上一按，這樣何啻人家又救了自己一命。

但對方已然身死，自己想報恩也不能夠，何況對方是死在自己手上，此刻他心中這股滋味，卻真比死了還難受。

他低頭一望童曈倒下去的屍身，看到他頭首破碎，眼珠離眶而出，死狀淒慘，不忍卒睹。

一陣風吹來，他覺得有些濕潤，愣在那裡，不知如何是好。

他多年宿願已償，按說應該高興，只是他此刻心裡可沒有半點高興的意味，大野漠然，朔風再起，天氣的陰霾和他心中的淒涼恰好成一正比。

他想俯下身去，將這世上唯一對他恩重如山的人的屍身抱起來，他暗罵自己，仇雖已了，恩卻依然，男子漢生於世，豈是只顧復仇而不計報恩的，於是他的心情更落寞了。

驀然，背後起了一聲淒涼的長笑，笑聲刺骨，謝鏗竟機伶地打了個冷戰，本來稍稍下俯的身形猛一長身，掠起丈許。

在空中一張臂，身形後轉，飄然落在地上，卻見一人長衫飄飄，正在對面望著他冷笑。

他一驚，厲喝：「是誰？」

那人走了兩步，眼角朝地上的屍身一瞥，冷笑道：「久聞遊俠謝鏗義名昭著，今日一見，倒叫小弟失望得很！」

語氣冷嘲，謝鏗心裡本難受，聽了這話，更不啻在他心上又戳了一刀，這麼多年來，人們譏嘲他無義的恐怕只有這一次。

那人又極為淒厲的冷笑了一聲，道：「謝大俠身手果然高，在這種土崩之下，還能逃出性命。」他頓住了話，目光如刀，盯在謝鏗臉上，一字一句的說道：「和謝大俠同時在一起的還有個弱女子，想必也被謝大俠救出來了。」

謝鏗心中轟然一聲，他此刻才想起那少女來，無論如何，以他在江湖中的聲望地位，是絕對應該設法救出此女的。

是以此刻他被那人一問，根本說不出話來。

那人衣袂飄然，臉上掛著冷笑，一言不發的望著他，像是在等待著他的答覆，神情雖然冷削，但卻掩不住他那種飄逸出塵之氣。

謝鏗不期然的竟低下了頭，心存忠厚，若換了個機變之人，立刻就可以更鋒利的言語回答他的問話。

須知那女子本是向他施毒之人，這當然不是普通情況可比。

可是謝鏗卻未如此想，以致他心中有慚愧的感覺，一時說不出話來，那少年眉長帶黯，雙目炯然，狂傲之氣溢於言表，但鼻直口方，卻是正氣凜然，絕無輕佻浮滑之色。

沉默了一會兒，那少年又冷笑一聲道：「見弱女死而不救，殺長者於野。」

他向童瞳的屍身一指，接著說：「縱然他與你有仇，但也對你恩深如海呀！你卻置之於死地。」他從容的一跨步，身形一晃，不知怎的，已越過童瞳的屍身。

然後他又冷削的說道：「而且死狀之慘，真是令人不忍卒睹，這老人隱居在此多年，與世無爭，先前即使做錯過事，此刻也該被饒恕了，何況他即使罪有應得，動手的卻不該是閣下。」

他侃侃而言，謝鏗更說不出話來。

那少年雙眼一翻，冷冷望在天上，道：「閣下在江湖上也算成名立萬的英雄了，我不怕落個以強凌弱之名，今天倒要和閣下動動手。」他哼了一聲，接著道：「讓閣下知道知道，江湖中能人雖少，但像閣下這種身手，倒還有不少哩。」

天龍七式

謝鏗此刻倒真有些哭笑不得了，此人看上去最多只有二十餘歲，卻不但話說得老氣橫秋，而且對名動江湖之遊俠謝鏗，竟說出不能以強凌弱的話來，這當真倒是謝鏗聞所未聞的。

只是謝鏗闖蕩江湖年代已久，見他說出這種話來，就知道此人雖然狂傲，但必有些真才實學，這從他方才邁步之間的身法就可以看得出來。

是以他臉上絕未露出任何一種不滿的神色來，緩緩道：「兄弟一時疏忽，以致未能救出那位女子，至於此位老者……」他眼角也一瞥那具屍身，心中一陣黯然，沉聲接口道：「卻與兄弟有不共戴天之仇，雖然兄弟身受此人深恩，但父仇不報，焉為人子……」

那冷削的少年打斷了他的話，冷笑說道：「那麼救命之恩不報，卻又算得了什麼呢？」

謝鏗臉微紅，道：「這個兄弟自有辦法，只是閣下究竟是何方高人，可否也請亮個萬兒呢？」

那少年哼了一聲，滿臉輕蔑之容，身形驀然上引，在空中極曼妙而瀟灑的打了個旋。

他起落之間，絲毫沒有一些火氣，就彷彿他的身軀可以在空中自由運行一樣，謝鏗面色微變，那少年已飄然落在地上，冷然道：「現在你可知道我是誰了嗎？」神情之自負已達極點。

謝鏗又輕訝了一聲，暗忖：「怪不得此人年紀雖輕，卻這麼樣的驕狂，敢情他竟是……」

那少年目光四盼，倏然回到謝鏗身上，見他低頭沉思，面上雖有驚異之容，卻不甚顯著。

他哪裡知道謝鏗此刻心中已是驚異萬分，只是多年來的歷練，已使他能將心中的喜怒深藏在心底，並不流露出來。

那少年目光一凜，不悅的低哼一聲，暗忖：「天下武林中人，見了我這天龍七式的身法，沒有一個不是悚慄而戰驚的，你這廝倚仗著什麼，竟像將我天龍門沒有放在心裡。」

謝鏗目光緩緩自地面上抬了起來，朗聲道：「兄台原來是天龍門人……」

那少年又低哼一聲，接口道：「你也知道嗎？」

謝鏗露出一個苦澀的笑容，道：「天龍門開宗至今，已有七十餘年，江湖上誰不敬仰？小可雖然孤陋寡聞，但是天龍門的大名，小可還是非常清楚的。」

那少年目光裡開始有了些笑意，他對自家的聲名顯然看重得很，縱然這聲名並非他自身所創，而是老人所遺留的。

但無論如何，現在這威名已完全屬於了他，想到這裡，他心中不禁掠過一絲輕淡的悲哀。

謝鏗立刻發現他這種內心情感的變化，暗自覺得有些奇怪，但人家這種情感上的紛爭，自己可沒有權利過問。

這就正如自己心中之事，別人也沒有權利過問一樣。

那少年步子悄悄向外橫跨了幾步，道：「閣下俠名震動中原，兄弟心儀已久了，只是庭訓極嚴，縱然心嚮往之，可是卻一直沒有機會出來行走江湖，當然更無緣拜識閣下了。」

他緩緩又走了一步，目光中又復流露出那種悲哀之意，接道：「此次先父棄世，家母命兄弟出來歷練歷練，因為一年之後……」他目光一低，再次接觸到謝鏗寬大深邃的面目，猛的頓住了話，暗忖：「我為什麼要說這些話？」

謝鏗沒有管他的話突然中斷，卻驚異的問道：「令尊可就是天龍門的第五代掌門人赤手神龍白大俠，那麼閣下無疑就是近日江湖中傳聞的雲龍白少俠了。」連謝鏗這種人，在說話的語氣中，都不免對這天龍派的掌門人生了敬佩之意。

那少年正是雲龍白非，此刻他微一點首，心中暗忖：「這謝鏗消息倒真靈通得很，居然也知道我的名字。」他不知道他雖然出道江湖才只數月，但雲龍白非之名可已非泛泛了。

這原因除了他老人所遺留下的聲名之外，當然還加上了他自身那種足以驚世駭俗的武功。

赤手神龍俠名蓋世，天龍門傳到他手裡，雖未聲名更盛，但卻和昔年大不相同。

天龍門的開山始祖白化羽，武功傳自天山，他天資過人，竟將天山冷家的飛龍六式再加以增化，自創了天龍七劍。

他出道以後，就仗著這天龍七劍闖蕩江湖，造就了當時江湖上絕頂的聲名，壯歲以後，便自立門戶，成為一代宗匠。

但是他子孫不甚多，到了第三代時，傳到鐵龍手上，竟將這一武林宗派變為江湖教會了。

這一來，門下份子當然更雜，其中良莠不齊，好幾人在武林中做了些見不得人的事，才引起江湖中的公憤，聲言要除去這一門派。

還沒有等到事發，鐵龍白景竟暴斃村郊，屍身邊放著一支金製的小劍，江湖中人當然知道他是被這金劍的主人所除，但是這金劍的主人到底是誰，江湖中人紛紛猜疑，可也沒有一個人知道。

眼看天龍門就要瓦解之際，鐵龍門下卻有一個弟子出來挽救了這局面，這弟子雖非白代家族，但因他對天龍門的功勞太大，是以被推為掌門，這樣一來，便造成天龍門以後掌門人不是繼承而須推舉的成例。

後來鐵龍之子赤手神龍長成，武功聲望無一不高，被推為掌門之後，決心整頓，又在天龍門恢復了乃祖白化羽創立時的光景，選徒極嚴，一生只收了四個徒弟，但卻各個都出色當行，是以江湖中人對這天龍門自然又刮目相看了。

赤手神龍勞心勞力，未到天年便棄世了，按照天龍門的規矩，當然是要另推掌門，因此赤手神龍的夫人、湘江女俠紫瑛便命獨子雲龍白非出來闖蕩江湖，建立自己在江湖的聲望。

哪知雲龍白非卻無意中遇到了跟隨遊俠謝鏗伺機施毒的石慧，竟又一見傾心，著意癡纏，也跟到這荒涼的黃土高原上來。

他在土窯外咳嗽了兩聲，引得石慧出窯和他談了幾句，這自幼嬌寵、又受了母親無影人薰陶的少女，個性自然也難免奇特，對白非雖然並非無意，但卻不肯稍微假以詞色。

白非腦海中不斷浮動著她那似嗔非嗔的神情，仍癡立在土窯之外，等到土崩時，他仗著絕頂輕功，沖天而起，雖然躲過此危，但意中人卻似已葬身在黃土之下，於是這一往情深的少年就要將滿腔悲憤出在遊俠謝鏗的身上。

雲龍白非今年雖已弱冠，但還是首次走動江湖，他住在家裡，父母雖然都是武林奇人，但他卻和那自幼嬌生慣養的富家公子毫無二致，因此行事就大半憑著自己的喜惡，而不大去講是非了。

此刻他和謝鏗面面相對，雖然彼此心中都對對方有些好感，但他一想到那一雙秋水盈盈的明眸、小巧而挺秀的鼻子和那嘴角微微上揚的小嘴，都將永離他而去，他心中又像是被什麼堵塞住了似的，連氣都不大容易透得出來。

「此情可待成追憶，可是追憶也彌補不了我此刻心情的哀傷了。」他癡然木立著，眼睛裡甚至有淚水閃動，平生第一次他真正領略到哀傷的意味，只是他卻將這份哀傷深深隱藏在心裡。

他強笑了一下，忽然領略了一首詞中真正的意味，他低吟著：

「少年未識愁滋味，愛上層樓，愛上層樓，為賦新詞強說愁。如今已識愁滋味，欲語還休，欲語還休，卻道天涼好個秋！」

他長歎了一聲，暗忖：「以前許多次我覺得有些不舒服，就嚷著我的哀傷呀，好像生怕人家不知道我的哀傷似的，可是現在——」

他的低沉和長歎，使得謝鏗愕然注視了他許久，他雖未歷情場，但世事又有幾樣能瞞得了他，暗忖：「這少年大約已和方才那少女有了些情意。」低頭一望腳下黃土，想及那嬌笑款款的少女的嬌憨音容，心中也不禁有些悵然，對這雲龍白非此刻的心境，也油然起了同情的感覺。

於是他低聲說道：「人死不能復生，何況這種天災又有誰能預料得到呢？兄台也不必太難受。」

雲龍白非驀然被他看穿了心事，而這心事卻是他不願意被別人知道的，於是他厲喝一聲：「誰心裡難受來著？」身形一晃，筆直的站到謝鏗面前，鼻尖幾乎碰到謝鏗下巴，盛氣凌人的接著說：「誰心裡難受了？你說。」

謝鏗微微一笑，他比白非大了十多歲，看到他這種舉動，覺得他更像個小孩子了，腳步一錯，身形滑開了三尺，卻並不回答他的話。

白非氣憤的哼了一聲，道：「不管什麼，你謝鏗自命俠義，卻見死不救，還算得了什麼英雄？」他將過長的袖子略為挽起了些，又道：「今日，我白非倒要替你師傅管教管教你。」

他話雖說得狂傲，但有了方才的舉動，謝鏗只覺得他的不成熟，而不去注意到他的狂傲。

因此他噗哧一笑，帶著笑意追了一句：「替我師傅管教我？」同樣一種笑，但是在不同的場合裡，每每會得到相反的效果。

謝鏗的這笑雖是善意，然而白非聽來內中卻充滿了輕蔑的意味，他怎忍受得了別人的輕蔑，暴喝道：「正是。」身形虛虛一動，不知怎的，又來到謝鏗面前，距離謝鏗的身體最多不超過五寸。

謝鏗有些詫異，暗忖：「天龍門下的輕功，果然不同凡響，只是他也未免太奇怪，明明有要和我動手之意，但怎的卻又和我站得這麼近。」江湖人動手過招，是絕沒有站得這麼近的，試想兩人之間距離不過五寸，又怎能出手呢？

白非比他稍微矮一些，他一低頭，便可以看到白非兩隻炯然有神的眼睛也在望著他。

虎躍龍騰

他微微一笑，道：「兄台是想賜教嗎？」心中卻並無防範之意，這一來是因為他認為絕不可能在這麼近的距離內出招，二來他知道這雲龍白非出身名門，也絕不會做出暗箭傷人之事。

白非又冷哼一下，道：「閣下現在才知道呀。」頓了頓，又道：「閣下該準備接招了吧？」

謝鏗還來不及回答，因為他從開始到現在，也不曾考慮到白非會在這種距離中發招，哪知白非手掌沿著肚子一提，倏然反攻他的咽喉，左腕一反，合兩指疾點他的小腹。

謝鏗這才大吃一驚，身形後仰，「金鯉倒穿波」，如行雲流水般向後疾退了數尺。

哪知白非如形附影也跟了過來，卻仍然和他保持著這樣的距離，而雙手連綿，也就在這距離裡，倏然間已發出了七招。

須知這樣發招，根本不需變動臂部以上的關節，距離既短，出手自然就快，而且招法之怪異，更是武林所無。

若是換了別人，豈不早已被白非點中了穴道，但饒是謝鏗久經大敵，武功亦不弱，此時也是驚得一身冷汗。

他大驚之下，暗忖：「在這種情形下，我連還招都不行，還談什麼致勝！」腳下巧踩七星，快如飄風的閃避著，心中也在連連思忖著，該怎麼樣才能解開雲龍白非的這種江湖罕見的手法。

他念頭轉了一個又一個，但心思一分，身形不敵，白非臉上流露著得意的光芒，身形瀟灑的隨著謝鏗的退勢移動，雙掌連發，非常輕易地，已將這江湖聞名的遊俠謝鏗迫得還不出手來。

謝鏗方才已打了一次硬仗，又在黃土下埋了這麼久，此刻真氣自然不繼，汗珠又涔然而落，雖然仗著輕功不弱和臨敵經驗豐富一時不致落敗，但應付得已是狼狽不堪了。

人在情急之中每每智生，謝鏗在這種危急的狀況中也驀然生起了一個念頭，他暗忖：「雲龍白非是天龍門下，武功自然也該以天龍七式為主，可是怎的他卻施展出這種打法來？」

「可是這卻給了我一個方法來解開此危。」他微微笑了一笑，成竹在胸：「可是如果我躍起來，不管我輕功有沒有他高，他總不會在空中也能施開這種手法呀。」

於是他又笑了笑，暗怪自己方才為什麼想不到這方法。

白非見久攻不下，心裡也覺得有些詫異，他這種手法，自出道以來，還沒有人能擋住十招的，可是此刻謝鏗卻已接了數十招了。

他想起了當初教他這套手法的人曾說過：「這手法只能攻敵不備，但卻往往能將武功高於你的人傷在掌下，只是這種手法近於有些缺德，能夠不用，還是不用的好。」

可是白非卻心懷好奇，因為當初他在學的時候，並沒有覺得其中有什麼出奇之處，可是後來他一用上了，才發覺其中的威力，於是他更高興，每一遇敵，便施展這手法來，連自幼浸淫的天龍七式也摒棄不用了。

此刻謝鏗心中有了決定，卻見白非突然雙拳內圈，似乎要打自己，哪知二肘一齊翻出，雙雙撞向謝鏗的左右「乳泉穴」。

這一招更出人意料之外，謝鏗一驚，只得再往後退，因為在這種情形下，連上拔都不能夠。

哪知身形剛退，白非雙肘一升，雙拳自下翻出，帶著凌厲的風聲，猛擊謝鏗的胸腹。

這一招更快如閃電，但是卻將兩人間的距離拉長了，這念頭在謝鏗心中一閃而過，但這時他身形方往後撤，力道也是後撤之力，這一拳打來，剛好在他根本來不及回力自保那一刻。

這招也正是白非在另一位異人處學來這種怪異手法裡的最後一招，那人曾自負的說：「能避開此招的人，也算是武林中一等高手了。」

原來這種手法乃此異人自己精研而成，是以連謝鏗那麼廣的眼界，也看不出他的來歷。

白非雙拳搶出，中指的關節卻稍稍向上突起，原來他在拳中又暗藏了點穴的手法。

是以這一拳莫說打實，只要指稍沾著一點，謝鏗也當受不起，而照這種情況看來，謝鏗要想躲開此招簡直太難了。

日色陰沉，朔風怒吼，大地呈現著黯淡的灰色，太陽根本已有許久沒有看到了。

黃土綿亙百里，本來還有些灌木之屬，經過這一次土崩，越發變得光禿了，於是一望平野，盡是黃土的赤黃之色。

而放眼望去，天上的暗灰與地上的赤黃結成一片難以形容的顏色，這或者是因為有風的緣故。

在風沙迷漫中，遠處的人只能看到謝鏗和白非迷濛的人影，而根本無法辨出身形的輪廓來。

突然蹄聲急驟，馳來數匹健馬，冒著這麼大的風，速度仍然驚人，馬上騎士中一人突然咦了一聲，指著謝鏗與白非動手之處說：「想不到在這種地方，竟有如此身手的人在動手。」

另三人隨著他手指之處望去，面上也露出驚異之色，另一人說道：「伍兄，你看清了沒有，怎的卻只有一條人影？」

先前那被稱做伍兄的輕咦了一聲，驚道：「先前小弟明明看到是兩人在動手，怎的倏忽之間已是剩了一人呢？」

說話之際，四匹馬又放出一段路，只因方向的偏差，是以他們和謝鏗動手之處的距離並沒有因此而有縮短。

這四匹馬當然都是千中選一的良駒，馬上的騎士老幼不一，但卻是滿面風塵，而且臉上帶著精明強悍之色，先前說話的那個人年紀最長，頷下的鬍鬚已漸漸發白，兩鬢更已全白了，此刻突然一圈馬頭，道：「我們過去看看再說。」

另一人張口似乎想阻止，但見另兩匹馬已隨著趕去，也停住了口，將馬右勒，也隨著趕了去。

迷濛中那人影仍然屹立未動，似乎根本沒有聽到這麼急遽的馬蹄聲似的，那四匹馬稍微放緩了速度，在離那人影丈餘之處就停住了。

馬上年紀最長的騎士微一飄身，掠下馬來，回頭一搖手，阻止了另兩匹馬上騎士也要下馬的趨勢，緩緩向那人影走去，可是那人影卻仍像沒有發現有人走來，仍然屹立在那裡，動也不動。

那年長的騎士越走越近，口中沉聲道：「在下金剛手伍倫夫，偶遊此地，看到兄台驚人的身法，心中欽慕得很，是以冒昧趕來，兄台高姓大名，不知能否告訴小弟……」他止住了話，看到那人根本沒動彈，乾咳了一聲，接口說道：「如果兄台不屑與小弟相交，那……那就算了。」

他話說得十分客氣，以金剛手伍倫夫來說，在江湖中也算成名人物，居然肯這麼客氣的向一個素昧生平的人說話，明眼人一望而知，他此舉必定有著什麼用意，只是其中究竟有什麼用意，在他還沒有說出之前也不會有人知道罷了。

那人影仍動也未動，馬上的另三人大半年紀較輕，看到那人影這樣，已是勃然作色，其中一個濃眉環目的粗豪壯漢，已經不耐煩的道：「伍大叔，和他囉嗦什麼，快走吧，我們還有正事呢。」

金剛手伍倫夫仍沉著氣，連頭卻沒有回一下，靜靜望著那人影，心中也有些奇怪，突然心中一動，暗忖：「難道此人已被點中了穴道嗎？」

他這個猜測當然很近情理，因為按理來說，無論如何那人也不會在這種情況下仍然保持靜立的。

伍倫夫一念至此，又朝前走了兩步，心中忖道：「若他真被點中穴道，那麼我就解開他，這麼一來，他焉有不幫我忙的道理？」轉念忖道：「此人身手不弱，此時此地，倒真是我的好幫手。」

他心裡正在打著主意，哪知那人影已緩緩回過頭來，雖然仍未說話，伍倫夫卻已心頭一涼，忖道：「呀，原來他只是站在那裡而已，並沒有被人點中穴道。」遂也停住腳步。

這時馬上的那粗豪漢子已一躍下馬，三腳兩步奔了過來，大聲的朝那人影喝道：「喂！你這廝怎的不會說話，難道是個啞巴嗎？」

伍倫夫眼角微動，忽然看見那人影眼中精光暴射，方自暗道不妙，眼前一花，也未見那人影如何作勢，已掠到那粗豪漢子面前。

金剛手一生練武，目光自然銳利，眼角隨著那人影一晃，已瞥見那人影出手如風，手指已堪堪點在那粗豪漢子的「將台」穴上，又硬生生的將手收了回來，只是他出手太快，那粗豪漢子根本沒有發覺，還是聲勢咻咻的站在那裡發怒。

那人影目光如水，在那粗豪漢子身上打了個轉，那漢子渾身彷彿一冷，想說的幾句狠話竟也咽在肚裡說不出來了。

伍倫夫再次見到那人影的身手，對這種輕功更為驚訝，知道就憑這粗豪漢子的身手，十個也未必是人家的對手，身形一掠，也掠到那粗豪漢子的身前，低喝道：「倫兒休得魯莽。」

那粗豪漢子瞪著眼，嚷道：「我立地開山鐵霸王郭樹倫怕過誰來，伍大叔，你老人家別管，我倒要看看這廝是什麼變的。」

伍倫夫一皺眉，狠狠盯了他一眼，這自稱為鐵霸王的小夥子似乎對金剛手十分懼怕，只得鼓著生氣的嘴，不再說話了。

伍倫夫回頭朝那詭秘的人影深深一揖，笑道：「兒輩無知，還望閣下不要和他們一般見識。」一抬頭目光接觸到那人的面龐，忽然「呀」的一聲，驚喚了出來：「閣下不是謝大俠嗎？」

回過頭去，朝郭樹倫笑道：「倫兒，你知道這位是誰嗎？他就是你心儀已久的遊俠謝大俠呀！還不快過去向人家賠禮？」又朝馬上的另兩人一招手，道：「蔡兒、程兒，你們也快來見見謝大俠。」歡欣之情溢於言表。

遊俠謝鏗目光茫然，苦歎了口氣，渾身像是失去了依恃似的，癱軟的站在原地，昔日的英風俠骨也像蕩然無存了。

「伍大俠別這樣客氣，彼此！」他又長歎了一口氣，艱難的說下去道：「從此我謝鏗就算在江湖上除名了。」

他目光茫然在地上搜索著，瞥見遠處地上躺著的那具屍身時，他臉上神色更是黯然。

伍倫夫目光隨著他的目光轉動著，當然也看到了那具屍體，心中一動，忖道：「難怪方才我明明看到兩條人影瞬息之間已失去一人，原來是已被他殺死了，想來此人必定是和他有著什麼淵源，他不得已殺了此人，心裡又有些難受，所以才會有現在這種失魂落魄的樣子，這個，我倒要勸勸他。」

金剛手伍倫夫以為自己的猜測合情合理，他怎會知道這其中的曲折，事情並非他想像中的單純呢？

雖生猶死

原來當時雲龍白非雙拳一出，謝鏗便知道定難躲過，在這快如電光火石的一剎那裡，他怎有時間來思考如何解開這一招的方法？

於是他只得閉起眼睛，靜靜等待這致命的一擊。

哪知他所感覺到的，並不是那種致命的打擊，而僅覺到左右「乳泉穴」微微一麻，原來雲龍白非僅僅將雙手中指的第二關節輕輕抵住他兩個穴道，而並未施出全力進擊。

當時謝鏗身形後退的力量仍未消滅，而雲龍白非的雙手也像黏在他身上似的，始終不即不離跟在他的穴道上。

他睜開眼睛來，雲龍白非正帶著一臉譏嘲的微笑凝視著他，右嘴角微微下撇，輕蔑地說道：「你逃出我這一招，才算人物，不然的話，嘻——」他嗤之以鼻的笑了一下，倏然止住了往下面說的話。

可是縱然他不說，謝鏗也能體會得出他話中的涵義，他一生光明磊落，是個本色的大丈夫，如今受到這種侮辱和譏嘲，在他說來，可比死還難受，他心裡彷彿有什麼東西突然向喉嚨湧起。

於是他勉強收攝往後退的力量，哪知雲龍白非也倏然停住了，手指依然不離他的穴道，臉上也依然是那種譏嘲的神情，他心一橫，腳尖微點，竟向前撲了上去，準備不要命了。

哪知雲龍白非冷冷一笑，身形如山澗裡的流水那麼輕盈和美妙，隨著他的前撲而後退，並且冷笑著說道：「閣下就是想死，也沒有這麼簡單，如果我不要你死，恐怕你連死都不能夠哩。」

言下之意，當然就是你的生命現在已經在我的手裡，謝鏗心頭又是一陣劇痛，暗忖：「我與此人有何冤仇，他要如此做？」可是他生性倔強，什麼話也不願說出口，只得又恨然閉起眼睛。

雲龍白非少年任性，他並沒有想到他所做的事對別人有什麼影響，冷笑一聲說：「我也不願傷你，只是你以後自己該想想自己，可配不配當得起『遊俠』兩字之譽。」話聲方住，身形一旋，如鷹隼般沒入迷濛的黃土裡，晃眼便消失了蹤跡。

他以為自己已是寬大為懷，沒有傷謝鏗一根毫毛，可是他卻不知道，他在人家心裡留下的創傷，遠比任何肉體上的創毒更厲害。

謝鏗兩邊要穴一輕，他知道雲龍白非已經遠去，頓時頭腦一陣暈眩，天地之間，彷彿什麼都已不存在了。

他甚至連指尖都懶得動彈一下，這一日一夜來他心中的波動起伏，使得他突然蒼老了許多，尤其此刻，他甚至寧願死去，也不願繼續活著，而讓這種侮辱永遠留在他心裡。

他思潮如湧，腦海裡盡是黑鐵手憔悴蒼老的面容和石慧嬌俏甜笑的聲音，他暗地譴責自己，這兩人豈非都壞在自己手上，這大半也是因為他宅心忠厚，換了別人，才不會有此想法。

金剛手伍倫夫和他亦是素識，可是當伍倫夫自報姓名時，他精神恍惚，竟沒有十分注意，只知道有人來了，而且是在對他說話罷了，可是當鐵霸王出言不遜時，他可聽清楚了。

他一肚子怒氣又想出在這愣小子身上，可是當他出手時，想及自己根本已無顏再稱雄江湖，這種爭霸氣的行為自己若再去做，豈不是太無聊了嗎？他才又硬生生將發出的力道又收了回來。

他這一日來的遭遇以及他這種內心的複雜情緒，金剛手可絲毫不知道，他緩緩的朝那具屍身走了過去，一面說道：「看這裡的樣子，好像剛剛土崩過後似的。」他朝謝鏗詢問的望了一眼。

謝鏗卻沒有注意到，臉上仍然是一臉茫然之色。

金剛手又朝前走了兩步，停在那具屍身旁邊，俯首下望，突然呀的一聲叫了出來。

郭樹倫以及方才下馬的另兩人，聞聲一齊掠了過來問：「什麼事？」

金剛手卻匆匆回到謝鏗身側，興奮的說道：「那不是黑鐵手嗎？」

謝鏗茫然的一點頭，金剛手滿面喜容，道：「恭喜謝兄，數十年的大仇竟然得報。」心中卻一動，暗忖：「大仇得報，他應該歡喜才是，怎麼卻又滿臉悲戚茫然之色呢？」

謝鏗雙眉一皺，驀然覺得世上的人都很可厭，此時他心情太劣，已經失去了控制自己脾氣的能力，一言不發，緩緩掉頭過去。

金剛手當然發現他異常之態，可是他老謀深算，根本不願意去打聽別人心底的秘密，暗忖：「今日遇到他，真是我的運氣，多了這樣一個人，此行凶吉雖然仍未可知，但卻放心得多了。」

於是他轉開話題，朝後來下馬的兩人一擺手，道：「謝大俠，讓兄弟替你引見兩位朋友。」

謝鏗並不十分情願的回過頭，金剛手伍倫夫指著其中年紀略長、頷下蓄著微髭的瘦長中年漢子道：「這位就是山西的暗器名家，火靈官蔡新蔡二爺，你們兩位多親近親近。」

謝鏗微微點頭一笑，蔡新卻殷勤的打了個招呼，嘴中說著久仰之類的客套話，很明顯的可以看出他對這遊俠謝鏗的好感。

金剛手又指著另一個長身玉立、雙眉上挑的英俊少年道：「這位是六合門裡吳掌門的唯一傳人、近日江湖傳名的六合劍丁善程丁少俠。」

謝鏗哦了一聲，頗為留意的朝他打量了幾眼，愛才之念油然而生，暗忖：「怪不得我常聽說這丁善程如何如何，今日見了，果然是個人物。」態度之間也顯得非常和藹。

此刻他神智漸清，思潮也清醒起來，不禁奇怪：「這些都是中原武林的成名人物，怎的都行色匆匆的趕到西北來？」

哪知他這個念頭剛剛轉完，遠處又傳來一陣蹄聲，火靈官忽然翻身倒臥在地上，耳朵貼著地面聽了半晌，道：「來了六匹馬。」

鐵霸王郭樹倫帶著欽羨的神色問道：「蔡二叔怎麼老是聽得這麼準？」

火靈官一笑，臉上亦有得色。

六合劍丁善程卻皺眉向伍倫夫問道：「伍大叔，這會是什麼人來了？」

金剛手憂形於色，微一搖頭，接了句：「這會是什麼人來呢？」

遊俠謝鏗更糊塗，耳邊聽得那蹄聲已近，且是奔向自己這方向來了，狐疑道：「這會是什麼人呢？」

須知在這種地方，是絕不會有趕路行旅的，而且即使有幾個，也絕不會騎這麼快的馬。

他們幾個人都是老江湖，這種事他們當然很容易就可以推斷出來，因此他們才會奇怪，謝鏗微微一歎，忖道：「想不到這麼一塊荒僻的地方，今日卻成了多事之地。」目光順著蹄聲來路望去，已隱約可看到人馬的影子。

漸行漸近，鐵霸王郭樹倫低聲歡呼道：「果然是六匹馬，蔡二叔真厲害，改天我……」

金剛手狠狠又瞪他一眼，他一縮脖子，將下面的話又咽了回去，謝鏗一笑，暗忖：「幸好方才我沒動手，原來此人是個渾小子。」

人馬來到近前，謝鏗極為注意的去看，看到馬上騎士的衣服，顏色極為奇怪，甚至在這種漫天風沙中還能有這種感覺，心中一動，驚訝的暗忖：「怎的這六位也來了，難道西北真有什麼事故發生不成，看來我無心之中倒趕上熱鬧了。」心裡泛起一陣熱血，將方才頹廢的心情一沖而淡。

江湖男兒大都熱血沸騰，是以才憑著這一股熱血，造成許多可歌可泣之事。

第二章　風雲際會

悚然色變

那六個騎士在謝鏗及伍倫夫等人面前一丈之處就勒住了馬，金剛手伍倫夫此時也像看清了來人是誰，面上立刻現出驚異之容，在驚異中，還帶著五分戒備，腳步一變，身形又自拿樁站穩。

那六騎緩緩一字排開，丁善程、郭樹倫等人，此刻更是悚然動容，就連遊俠謝鏗的臉色也是凝重之至，空氣驟然凝結，只有那六匹馬緩緩在踢著步子時才發出些聲音來。

六匹馬上的人，年紀都差不多大，約莫四十左右，頷下卻都已留著很長的鬍子，像是經過很小心的整理，是以顯得非常整齊，只是經過這一番長途奔馳，當然風塵也不會少了。

馬上人的衣衫，質料非絲非帛，發出一種銅色的光澤，竟不是坊間可以買到的質料，在漫天風沙中，隔著好遠就可以從許多人裡分辨出這六人來，就是因為他們這種特質衣服的關係。

而這種衣服的顏色，在江湖中已象徵了某一種意義，那幾乎是災難和麻煩的代表，難怪謝鏗、伍倫夫等人此刻都有不安之意了。

伍倫夫眉頭一皺，暗忖：「此六人足跡從來不離中原，此刻跑到這裡來，難道是為著和我同一個原因嗎？」

那六個紫衫人端坐在馬上，動也不動一下，像是六尊石像，只有風吹著他們六人的鬚髮時，才帶給別人一些生意。

這種情形僵持了沒有多久，因為鐵霸王郭樹倫已在咕嘟著：「站在這裡幹什麼，我們走吧。」他也認清這六人，心裡有點發毛，他雖是莽漢，但生平卻最不喜歡吃眼前虧，此刻光景，知道自己這面占著劣勢，雖然這六人的來意還不知道，但以這六人以前行事來看，總不是好事。

因此他緩緩回過頭，竟想一走了之。

驀地，那六騎中一人發話道：「給我站住！」聲音陰沉尖銳，聞之更令人毛骨悚然。

鐵霸王郭樹倫只覺一絲涼意直透背脊，回過頭，壯著膽子說：「小可和閣下無冤無仇，也沒有得罪過閣下，要我站住——」

話還沒有說完，先前發話的那紫衫人又尖銳的冷笑了起來，笑聲刺耳之極，打斷了郭樹倫的話道：「你知道我是誰嗎？」

郭樹倫不安的移動著腳步，微一點首，那紫衫人笑聲一頓，陰森之極地說道：「那麼你怎麼會不知道我兄弟的脾氣？」

他言語之間的狂妄自大，大有天下唯我獨尊之意，謝鏗鼻孔裡不屑的冷哼一聲，眼角鄙夷的掃在那紫衫人身上。

那紫衫人怒道：「你是誰，敢在我兄弟面前放肆，是活得有些不耐煩了嗎？」

另一紫衫人面白微胖，微微笑道：「六弟別太不客氣了，這位就是江湖上大名鼎鼎的遊俠謝鏗。」

先前那紫衫人哦了一聲，隨即陰沉的說道：「遊俠謝鏗又怎麼！」

謝鏗冷笑一聲，六合劍丁善程卻接口道：「天中六劍又怎樣！」

他少年氣盛，雖然知道對方就是江湖中出名難惹的天中六劍，也忍不住出言相抗，這當然也是他自恃武功劍法之故。

金剛手伍倫夫聽到他此話一出，知道事已難了，他年紀大些，凡事都以忍讓為先，總不想再多結冤家，何況是天中六劍。

於是他想出來說幾句客氣話，期望能揭過此事，哪知那微胖的紫衫人已笑道：「嘿，這位年輕朋友好大的口氣，真是英雄出在少年了，哈哈！」他未語先笑，帶著一團和氣，哪知卻是江湖中以毒辣陰狠、行事無常著名的天中六劍中最厲害的一人——凌月劍客。

金剛手伍倫夫慌忙跨前一步，擋在丁善程的前面，帶著一臉息事寧人的笑容說道：「在下金剛手伍倫夫久聞閣下們的英名，平日就仰慕得很，哪知今天卻讓在下見著了。」

凌月劍客仍然是笑嘻嘻的，道：「好極了，原來閣下就是以外家金剛手飲譽江湖的伍大俠，好極了！」

他眼睛又注視到丁善程身上，道：「這位年輕朋友是誰，在下卻眼生得很。」

丁善程方待搶前答話，伍倫夫一伸手攔住了他，說道：「這位就是六合門的第七代傳人丁善程丁少俠。」他乾笑了幾聲，又道：「算起來，他還是閣下們的小師弟呢。」

先前那帶著尖銳笑聲的紫衫人，就是天中六劍裡的老六凌塵劍客，此刻極為不悅的冷笑了一聲道：「姓伍的別亂拉關係。」他面如寒霜，接著道：「姓伍的和另兩位朋友如果沒事的話，先走好了。」他又陰沉的冷笑一聲：「如果想在這裡看看熱鬧的話，也未嘗不可。」

凌月劍客接著笑道：「如果想動手的話，那就大可不必了。」他轉過頭去，朝謝鏗及丁善程笑道：「至於謝大俠和丁少俠的身手，卻是愚兄弟一定要領教的，只要兩位能勝得了愚兄弟中的任何一人，那麼愚兄弟就聽憑兩位處置，否則的話……」

六合劍丁善程雙眉一軒，冷笑道：「這正合我意，我丁某人雖然只是江湖中的一個小卒，但卻早就想領教各位的武當劍法了。」他將武當兩字講得特別長而重，其中滿含著譏嘲的意味。

天中六劍面上一齊變色，各個都帶了怒意。

原來這天中六劍本是武當山真武宮中護法的紫衣弟子，後因犯了教規，竟被武當逐出門外，他六人也就還俗不當道士，仗著一身輕靈巧快的武當劍法，在江湖中博得極大的名聲。

這六人性情本就十分怪癖，成名後行事更是不分善惡，全憑自家的喜怒而定，只要有人得罪了他們其中的任何一人，非把你整得傾家蕩產不可，是以到了後來，這六個正派出身的劍手，竟成了江湖惡名昭著的人物，他六人仍然我行我素，六個人六口劍幾乎震住了整個的中原武林。

此刻六合劍將武當兩字說得分外刺耳，當然是譏諷他們是武當棄徒，他們怎會聽不出來？是以六人俱都勃然作色。

這已是一觸即發的情況，金剛手心裡暗暗叫苦，他年已五十餘了，生平經過的大小戰役不知有多少回，對於這種場面，他當然看得太多了，略一盤算，除了謝鏗功力的深淺他還不能確實的估計出之外，自己和丁善程也可以勉強抵敵得住天中六劍中的兩人，至於郭樹倫和蔡新呢，卻不敢保險了。

於是這次接觸的結果，一望可知自己這面是凶多吉少的，打這種沒有把握的仗，金剛手可不願意。

他考慮再三，在這將發未發的情況下，突然道：「如果謝大俠和丁少俠想和天中六位劍客切磋切磋武學，那也無妨，只是我們希望大家點到為止，那麼小弟我——哈！」他又乾笑了兩聲，目光一轉，接道：「倒可以替各位做個見證了。」

他老奸巨猾，幾句話輕輕易易的就將自己脫身事外，遊俠謝鏗腹中暗地冷笑一聲，忖道：「你緊張個什麼，難道我還要你幫忙不成？」只是他生性淳樸，這種刻薄的話可說不出口來。

凌塵劍客卻哈哈一笑，帶著十分輕蔑的眼光向金剛手微微一掃，凌月劍客已在旁接笑道：「伍大俠要做見證，好極了，好極了。」

他微偏著頭，向謝鏗道：「我看謝大俠的手像是已經有點癢了，那麼——」他哈哈一笑，道：「就等丁少俠稍待一下，反正今日我弟兄六人，總會讓兩人過癮就是了。」

謝鏗生性不喜說話，他雖然也不願意多結仇家，但事情真到了自己頭上，他卻也不會畏縮退避的。

於是他沉聲道：「天中劍客既如此說，那兄弟少不得要獻醜了。」

凌月劍客又一笑道：「謝大俠看我兄弟哪個順眼，我兄弟就哪個出來陪謝大俠玩玩。」天中六劍中個性各個不同，老大凌天、老二凌日、老四凌風、老五凌雲，都是沉默寡言的人物，只是老三凌月和老六凌塵才是平日發言的代表人物。

凌月劍客話聲未了，凌風劍客身形一動，也未見如何作勢，便躍下馬來，寒著臉一言未發，晃身間又躍到謝鏗身前。

謝鏗微退一步，身上的每一部分的肌肉已都在凝神待敵了。

凌月劍客又哈哈笑道：「老四要領教謝大俠的功力，好極了，好極了，只是我說老四呀，你可要小心些呀！」

凌風劍客仍寒著臉，左手劍訣一領，右手伸縮之間，寒光暴長，原來在這快如電光火石的一剎那間，已將背後的長劍撤在手上了。

謝鏗雙掌極快的劃了一個圈子，然後停留在胸前，沉聲道：「原來閣下就是『天中六劍』的四俠凌風劍客，兄弟何幸之至，竟能和名滿天下的天中劍客交手，請，請，天中劍客的劍法，兄弟亦是心儀已久的了，閣下請快施展出來吧。」

天中劍客

凌風劍客傲然一引劍光，劍尖上挑，劍把上杏黃色的穗子在風裡晃動著，隨著他身上紫色長衫的起伏，望之瀟然。

他腳步一錯，將門戶守得嚴密而佳妙，然後低喝道：「請謝大俠亮出兵刃來。」他自恃身分，當然不肯和手上沒有兵刃的人動手。

謝鏗微微一笑，道：「我謝鏗走遍江湖，從來就只以這一對肉掌應戰，身上別說是兵刃，就連一塊鐵片都沒有。」

凌風劍客面目更冷，倏的劍光錯落，排起漫天劍影，謝鏗屹立不動，眼前雖然劍花錯落，但是他卻知道絕對不會碰到自己身上。

果然，霎時間劍光又倏然而收，凌風劍客已空著雙手站著，冷然道：「那我也只有以一對肉掌來領教領教大俠的掌法了。」

已將是午時了，但因毫無陽光，是以根本分辨不出時刻的早晚，謝鏗覺得身體虛虛的，手腳彷彿也有些麻木的感覺。

但是他卻顧不得這些了，猛提一口真氣，腳步微微一踢，右掌橫切，口中猛喝一聲：「看招！」左掌倏的穿出，後發先至，擊向凌風劍客右邊的肩胛之處，掌風凌厲，像是絲毫未因這一日來的勞頓困苦以及方才的兩次交手有所影響，而其實他卻已是外強而中乾了。

凌風劍客身形一引，避過這一掌，暗忖：「這姓謝的果然有幾分功夫，無怪他能享盛名。」心中也存了幾分警惕。

兩人這一施展起身法來，本來已是迷漫著的塵土，被他兩人這種凌厲的掌風一帶，更是漫天飛揚，六合劍凝神注視，臉上露出喜色，暗忖：「看來這凌風劍客不是謝大俠的對手。」

凌風劍客應付得果然非常吃力，天中劍客本來就是以劍法見長，武當派掌法雖是內家正派，威力自是不凡，但真武廟裡的紫衣弟子卻是專研劍法的，因為他們根本不需要使用掌法。

是以天中六劍後來能以劍法揚名江湖，但掌法卻是欠佳，天中六劍也很少棄劍不用，此次事逼至此，旁邊又有人旁觀，以天中六劍在武林中的地位，當然不能仗劍來和一個赤手空拳的人動手。

此刻兩人過招，凌風劍客不禁在心中叫苦，凌天劍客悄悄側過身子向凌月劍客耳邊道：「看樣子老四恐怕不行了。」

凌月劍客眼睛動也不動注視在過招的兩人，也低聲道：「再看一陣子再說。」

此時每個人都以為是謝鏗在占著優勢，只有謝鏗肚子裡明白，他已是強弩之末，恐怕不能再支持很久了，因此他出招也就更凌厲，必然的他所能支持的時間也就更短。

可是別人也就更看不出來，天下的事，往往就是這種情況。

凌天劍客雖是天中六劍之長，但卻最沉不住氣，朝身旁的凌月劍客低語道：「我把老四換下來。」身形暴長，自馬鞍上斜斜掠起，宛如一隻沖天而起的蒼鷹，又倏然下落。

他右手一伸，一道寒光帶著青白色的劍芒，硬生生將正在動手的凌風劍客和謝鏗分了開來，原來他在拔起身形來的那一刻，也將劍撤下，因為他知道若憑一雙空手是很難將這兩人拆開的。

他這麼一來，凌風劍客固是心中感激，謝鏗心中又何嘗不在暗中歡喜？

六合劍丁善程卻大怒，飄身一引，掠到凌天劍客身前，冷然道：「這算怎麼回事？」

凌天劍客卻也冷然望著他，一言不發，凌天劍客本就不善言詞，再加上他此刻本來就心中有些愧怍，越發說不出話來。

須知天中六劍雖然生性怪癖，但卻最愛面子，凌月劍客知道他們大哥的脾氣，哈哈一笑，笑聲中也掠到凌天劍客身側，身法之快速、美妙，看起來尤在凌天劍客之上。

「我四弟和謝大俠的掌法正是旗鼓相當，兩虎相爭，必有一傷，若讓他們再爭下去，豈非失去了以武會友的原意？」他帶著笑容巧妙的解釋著，回過頭去，朝金剛手道：「伍大俠，你說可對？」

金剛手伍倫夫一笑道：「正是。」他老成持重，心裡的話，自然都隱藏了起來。

所以，凌月劍客又笑道：「丁少俠不要生氣，這是我大哥的好意，如果丁少俠不反對的話，我倒可以在劍法上向丁少俠討教討教。」

他自恃劍法，自忖年紀輕輕的丁善程怎抵敵得住他浸淫數十年的功力，所以輕輕一帶便將事情全包攬在自己身上，其實他此刻心中已有些惱羞成怒，準備將丁善程傷在自己劍下了。

六合劍丁善程也是天生一副不賣賬的脾氣，立刻回答道：「我倒願意傷在閣下的劍下，希望到時候不要有別人再有這份好意了。」

凌月劍客故意裝著不懂他話中的意義，笑道：「丁少俠說笑了！」話猶未了，他身形一動，緊接著寒光一閃，「嗆啷」一聲長吟。

原來兩人不約而同各個發出一招，兩劍相擊，自然發出嗆然龍嘯，凌月劍客笑容未斂，道：「果然手底下有兩下子！」劍光一凜，身隨劍走，刷刷又緊接著幾劍。

原來方才對劍時凌月劍客已經試出了丁善程劍底的功力，本來他對這年紀輕輕的六合名手所存的輕視之心，此刻也全收起來了。

丁善程劍光如雪，走的也是輕靈狠辣一路，須知六合劍法本自脫源於武當，因此金剛手伍倫夫才有「他是你們的小師弟」之說，此刻兩人一交上手，劍光如梨花錯落，遠遠望去，宛如在漫天風沙裡湧起一座光幢，光景自然又和方才謝鏗動手時大不相同。

天中六劍臉上也不禁都露出驚異之色，因為他們將對方的實力估計過低，謝鏗的掌力雖然雄厚，但遊俠謝鏗在武林中已算得上是一等一的角色，他們也還並不十分驚詫，此刻見了這麼年輕的人，在劍法上也是這麼深湛的造詣，居然一時之間能和凌月劍客戰了個平手，自然有些意外了。

謝鏗靜立在旁邊，彷彿在想著什麼心事，哪知他卻在暗中調息，做著內功，鐵霸王郭樹倫張大了嘴，用心的看著他們兩人動手，他天性好武，只是頭腦不甚發達，練武總無大成。

金剛手伍倫夫皺著眉，暗怪自己多事，跑到這裡來找謝鏗，他暗忖：「真是好沒來由，無緣無故的又惹上這些事。」下意識的探手入懷，觸手之物，使得他臉上更是憂形於色，暗地歎息道：「眼前凶吉尚不自知，善程這孩子卻要去找這些麻煩，若然他失手被傷，那我又折了個好幫手，唉！我本來想多拉個幫手，哪知偷雞不著，反倒蝕了把米！」

他越想越煩，無聊的將懷中之物取在手上把弄，眼睛卻隨著丁善程的劍打轉，恨不得他一劍就能將凌月劍客刺個透明窟窿，但他卻未想到，如果這樣，那他也跑不了啦。

突然，凌天劍客也飄身下馬，極快的掠到伍倫夫面前，伍倫夫一驚，肩頭一晃，連退了數步，哪知凌天劍客如形附影，也跟了上來，伍倫夫微微有些吃驚，強笑道：「閣下有何指教？」

凌天劍客卻不答語，眼睛緊盯著伍倫夫手上之物，忽然回頭喝道：「老三，快住手。」

凌月劍客無論在功力或是臨敵經驗上，都比丁善程高了一籌，十幾個照面下來，已占了優勢，漸漸已將丁善程的劍式困在自己劍圈之內，此刻聽了凌天劍客的喝聲，心中大奇。

但他終究還是住了手，身形暴縮了五尺，六合劍丁善程也大感奇怪，劍尖一垂，詫異的望著他們。

凌月劍客掠至凌天身側，投給他一個詢問的目光，凌天一指伍倫夫手中之物，道：「老四，你看看這是什麼？」

凌月也大大露出異容，連笑都笑不出來了，金剛手眼光一轉，心中大動，暗忖：「大概他們也是接到此令才來的，看來此令的主人已靜極思動，又要做什麼驚天動地的大事了。」一陣風吹來，一粒塵土落入他眼中，他眼皮極快的眨了幾下，伸手拭去了留在眼皮上的淚珠，暗暗埋怨道：「只是他卻為什麼會選中這樣的鬼地方，難道其中又有什麼文章？」

四川大麯

雲龍白非以極快的身法掠去數十丈，才漸漸放緩速度，這並非他真力有所不繼，而是心中紊亂的思潮使他極需靜下來想一想。

當然，他覺得有些驕傲，以遊俠謝鏗這種在江湖上已享盛名的人物，在他手下尚不能走過三十招，但是另一種深邃的悲哀，卻使得他這份驕傲和高興的感覺大大的沖淡了。

石慧的一顰、一笑、一嗔、一怒，此刻仍留在他心底，雖然他和她並沒行一段很長時間的相處，但在他說來，卻已足夠他回憶了。

他偶然想起一篇很美麗的駢文，當時在他看來，並沒有引起他很多感觸，然而此刻，那其中的每一句話都在深深的激動著他。

那篇駢文大意是說，人類之間的友誼，是需要很長的時日來堆積的，而愛情卻每每發生在一剎之間，相愛的人們，也不需要很多時間相處，有時匆匆一面，便已刻骨銘心了。

他在江湖中闖蕩的時日尚短，但遇上的事卻使他在這短短一段時間中彷佛蒼老了許多，他甚至將一年之後天龍門大選掌門的事都看得極淡，而在這以前，他是極為看重的。

他雖然放緩了身形，然而在他思潮反覆之間，卻已走了許多路了，漸漸他彷佛覺得近處已有別人，於是他將身形更放緩了下來，因為他也知道在普通人面前炫技是江湖中的大忌。

果然，不遠之處就有個小小的市鎮，他亦是初到西北，當然不知道這市鎮的名稱，他也不去打聽，因為這是無關重要的。

他入鎮之後，略為整理了下衣裳，拍去了身上的塵土，天龍門雄踞武林多年，到了他父親一代，已是名成利就，是以他自幼養尊處優，何曾吃過這種風塵之苦？此刻他但覺心身俱疲，得先找個安息之處，至少，得先將臉上的塵土洗去。

於是他就在這小鎮的唯一街道蹓躂著，希冀能達到自己的希望。

不久，他就發現了一件頗為奇怪的事，原來這小鎮上一共只有一家小客棧和三家吃食店，照理說在這種荒僻之地，是不會有什麼生意的，然而此刻，非但那小客棧早已人滿，就連那三家吃食店也是座無虛席了。

他無可奈何的在街上轉著，不時有人向他投以奇異的目光，他也沒有注意，因為他已沒有這份心情去注意了。

終於他看到一個賣些牛肉蒸饃以及汾酒之類的吃食店裡走出兩人，他暗忖：「這回裡面大概有空位了。」心中陡然一喜，連忙急行兩步走了過去，從吃食店出來的那兩人也極為注意地看了他兩眼，兩人竊竊低語，似乎在講著什麼。

他一腳跨進那間小舖，一種混合著酒與燒肉的氣味直往他鼻子裡衝，他不禁咽下一口唾沫，心中暗笑自己的饞相，目光卻在搜索著空位，然而，這小小舖子裡的七張桌子卻仍然坐滿了人。

他可不願意在這種情況下再走出去，因為他實在有些餓了，於是他拉著正在忙得一塌糊塗的店夥，要他替自己想想辦法。

兩人言語不通，但是終於那店夥計明白了他的意思，因為走到這店裡來的人，還會有什麼其他目的？於是他設法替他在一張桌子上找了個空位，雖然那張桌子原先已有三個人坐在那裡了。

白非隨意指點了些吃食，略略漱了漱口，安頓了下來之後，才發現這個小鎮上的情況的確是有些異乎尋常。

原來這小鎮裡的吃客說話的聲音南腔北調，顯見得不是來自一處，但是彼此間卻又像是都認得，不時有這張桌子上的人跑去另一個桌子上去聊天、敬酒，而且粗豪的大笑著。

最令白非注意的，卻是這些吃客一個個都神足氣壯，兩眼神光飽滿，顯見都是練家子，而且從他零星聽到的一言半語中，還聽出了這些人竟都在武林中有些地位，而且看情形，這些人武功都還不弱，這個出身武林世家的白非當然看得出來。

他奇怪地暗忖：「在這種小地方怎會有如許多的武林豪客？」收回目光來，卻發現和自己同桌的三個人也都在注意的望著他。

他立刻發覺和自己同桌的這三個人不是和其他的人一路，這三人中一人年紀頗長，似乎已有五六十歲了，另兩個卻都是風姿不凡的年輕人，非但衣著打扮不俗，而且氣度高華，和那般武林豪客一比，更顯得如雞群之鶴，超人一等。

於是他善意的朝那三人微笑一下，那老者也一笑，神態之間甚為和詳，一點兒也沒有武林中人那種劍拔弩張的樣子。

另兩個少年也抿嘴一笑，白非彷彿還看到其中一個臉略略紅了一下，這才注意到這兩個少年容貌之美竟是生平罕睹。

於是他更起了親近之心，只是他面皮尚嫩，不好意思朝人家搭訕而已。

少時吃食送了上來，白非雖然肚子餓，可也不好意思狼吞虎嚥，但這種店裡的牛肉蒸饃等物都是大塊文章，因為生意太好，是以燒得也不爛，他很吃力的吃著，抬頭一望，這老少三個人仍在瞪著大眼睛望著他，臉上不禁一紅。

那老者笑道：「男子漢吃東西，難看一點有什麼關係，二十年前我若看到這種東西，不用手抓來吃才怪。」他咯咯大笑兩聲，接著道：「若要裝作斯文，就不是男兒本色了。」

白非臉又一紅，心裡不但沒有怒意，而且還暗中感激人家的好意，人與人之間的情感就這麼奇怪，若是換了一個他所討厭的人講出這幾句話來，恐怕他當時就要變臉動手了。

那兩個少年噗哧一笑，望著白非，像是十分有興趣的樣子，白非甚至覺得自己的形狀有些狼狽了，更不好意思大吃。

那老者呷了口老酒，緩緩放下杯來，笑道：「兄台像也是從遠方來的吧？」

白非點了點頭，老者又說道：「此地風光，雖比不上江南的小橋流水，但大漠風飛，男子漢總要經歷一下才是。」

白非又一點頭，他覺得這老者話中豪氣逸飛，句句都令他心折，那老者心情像是甚好，大笑著朝他身旁的兩個年輕人道：「你看人家精光內蘊，一派斯文，你們真該學學人家才對。」

那兩個少年齊齊望了他一眼，其中一個對另一個一做眼色，兩人又噗哧一聲笑了出來，白非低下了頭暗忖：「這兩個小夥子一個勁兒笑個什麼！」臉上又不禁飛紅了起來。

那老者像是誠心結交白非，一手拿了酒瓶，道：「兄台可要來一杯，這酒雖不甚好，卻是我由四川攜來的，味兒還足。」說著，不等白非的同意，就替他斟滿一杯，一面道：「萍水相逢，老夫就這麼惹厭，兄台休要見怪才是。」

白非雖不善飲，但生長在那種家庭中，豈有不會喝酒的道理，連忙接過杯子，道：「長者見賜，小可感激尚不及，怎會有別的意思？」

那老者舉起酒杯，連連大笑道：「好，好，乾一杯。」

酒尚未沾唇，一股強烈的酒氣已直衝進白非的鼻子，他本來只想淺呷一口，但想到老者所講的話，一仰首，果然乾了一杯，頓時熱血上湧，脫口道：「這不是大麯酒嗎？」

伸過空杯去，意思竟像要再來一杯。

老者大笑道：「好，好，原來你也懂酒，再來一杯，再來一杯，老夫今天酒逢知己，卻是要不醉無歸了。」

那兩個少年對望了一眼，其中一個道：「爹爹今天這麼高興，可別喝得太多了。」

另一個咯咯笑道：「你又來管爹爹了！以後等你……」他笑著頓住了話，卻又道：「聽說那人也是喜歡喝酒的，你留著去管管他吧。」

先前一人笑答了一句，就不再說話了。

白非心裡奇怪，這兩人怎的這麼娘娘腔，驀的想起母親所說在江湖上行走的女子多半都是女扮男裝的，再仔細望了他們兩眼，越發確定了他們都是女子，暗忖：「難怪他們不喝酒了。」

第二杯酒下肚，白非抓起一大塊牛肉來就吃，再也不管斯文不斯文了，老者點首笑道：「這樣才是大丈夫的吃相。」竟也抓起一塊白非盤中的牛肉吃了起來。

那兩個少年不斷的吃吃笑著，他們與白非素不相識，此刻竟相處得十分融洽。

隱跡風塵

那老者酒量甚豪，喝了這麼多酒下去，神色依然絲毫未變，打量了白非幾眼，笑道：「萍水相逢，本不應請教兄台的姓名——」

白非忙接口道：「小可白非。」

那老者哦了一聲，方在尋思之間，那兩個少年已喲的一聲，脫口道：「白非，你就是天龍門裡的雲龍白非嗎？」

他這一脫口而呼，這小舖共有多大，除了已經喝醉了酒的幾個之外，哪個沒有聽到？一齊都扭轉了頭向白非打量著。

原來雲龍白非此刻在江湖中已頗有名聲，而這個小舖中所坐的十個裡有十個是武林中人，聽到這名字，自然難免注意，也更難免竊竊私議，有的奇怪雲龍白非是個如此年輕的俊品人物，有的卻在猜測和他同桌的那三個人的來路，原來他們也沒有人認得這老幼三人。

雲龍白非有些得意，卻又有些不好意思，那老者仔細地又看了幾眼，忽然一拍桌子，道：「難怪我看兄台不但氣度不凡，而顯見得內功已有非常根基，原來竟是天龍掌門的公子。」

那兩個少年對他也是頻頻流目，但沒有一個向他說話。

這種情況白非可是第一次遇見，他甚至覺得有些坐立不安了，那老者隨手掏出一錠銀子，拋在桌上，道：「兄台如不棄，不妨隨老夫到客棧去談話，這裡人太多，總非談話之地。」

白非正被這麼多雙眼睛看得有些發窘，聞言正中心意，忙站了起來，其實他此刻連那老者的名字都不知道，只知他必定有著很豐富的閱歷，很深的武功，是個隱跡風塵中的俠士。

他們穿過別人的桌子時，白非隱隱聽到有人在說道：「怎的天龍門下也有人參與此事，這倒有點奇怪了。」

白非心中一動，暗忖：「這裡到底有什麼事發生呀，想來這事還不尋常，否則怎會引得這許多武林豪客都來到此地？」流目四顧，人家仍然在望著他，天龍門多年未干預外事，此刻他當然難免引起別人的注意，他頭一低，隨著那老者走了出去。

此時忽然有人呸了一聲，一個粗豪的聲音道：「有什麼了不起！」

那兩個少年走在最後，聞言回頭道：「你說的誰？」

那人搖搖晃晃的站了起來，似乎已有了七八分酒意，大聲說道：「我說的是誰，干你娘的屁事！」

那兩個少年方自大怒，哪知那漢子又道：「我喪門神走遍江湖，什麼玩意兒沒見過，像你們這樣的小兔崽子，老子更見得多了。」

在座的大多是此人的朋友，也都有了酒意，聞言一齊哄笑起來，卻不去考慮這後果。

此刻白非也回轉身來，那老者走在最前面，此時已走出舖外了，店裡的掌櫃早就在擔心這班大爺會生事，現在更嚇得面無人色。

那兩個少年氣得面色鐵青，其中身材略長的一人冷笑了一聲，手微一揚，也未見有什麼寒光，但那粗豪漢子卻慘呼一聲，雙手一陣亂動，將面前的桌子都推翻了，酒菜落得滿地，接著倒在地上。

於是一陣大亂，小舖中的吃客紛紛叱罵，有的在罵：「天龍門是什麼東西，敢這麼張狂！」

原來這批人在武林中都是成名露臉的人物，有的是鏢頭，有的是武師，為著同一件事都跑到這西北邊陲之地來，此刻見同伴受傷，當然大怒。

他們出語一傷及天龍門，白非可沉不住氣了，厲喝道：「朋友們說話可得放明白些，有人要跟天龍門過不去，只管衝著我來好了！」

那些武林豪客乘著三分酒興，又仗著自己這面人多，有的翻桌子，有的抛長衫，紛紛叱罵道：「大爺們今天要教訓教訓你們這幾個兔崽子。」有的甚至將兵刃都抽出來了。

這一場混戰看來在所難免，那身材較長的少年連連冷笑，神色鎮靜，甚至還有些威嚴，並非方才言笑時那種樣子。

雲龍白非白恃身手，也沒有將這班角色放在心上，他卻不知道在這班人裡也不乏硬手，真動起手來，勝負還難料呢。

忽然又是一聲厲喝，聲音彷佛深山鐘鳴，震得各人耳畔嗡然作響，這聲音甚至不像人類口中所能夠發出的，眾人各個大驚，雲龍白非也回過頭去一看，原來是那和詳的老者所發。

鋪內群豪也都被這一聲厲叱震住了，大家心裡都知道，這種厲叱聲肯定是發自一個內功極為深湛的人口中的，而此人內功的深湛足以驚世駭俗，但是大家都沒有想到是這安詳的老者。

那老者目光中威凌四射，已現灰白色的長眉根根倒豎，雲龍白非也不免吃驚，暗忖：「這老者的氣功竟已到了這種地步。」在心中飛快的將父母說給他聽的武林中成名英雄的姓名想了一遍，但卻也未想出這老者究竟是什麼人來。

小鋪裡混亂的人聲頓時因著這老者的一聲厲叱而靜寂了，每個人心目中都有著和雲龍白非同樣的想法，都在思索著這老者的名字。

那老者其利如刀的目光，緩緩自每個人臉上掃過，沉聲道：「你們想幹什麼？」

許久，沒有一個人敢發出聲來，這麼多武林豪客，竟都被這老者的一聲厲叱震住了，那少年輕蔑的一撇嘴，不屑的說道：「膿包。」

這膿包兩字可真令人忍受不住，鋪中群豪再也忍不住，這種終年在刀口找飯吃的朋友有的即使明知要吃虧，也要拚上一拚的。

於是有人說道：「朋友，少充殼子，有什麼玩意兒只管抖露出來，亮亮相就想唬人，大爺們可不吃這一套。」

說話的這人正是河北成名的人物八卦刀于明倫，他再也不會想到，這老者竟是他生平最敬佩之人，只是他卻從來無緣得見而已。

隨著他這一發話，群豪又是一陣低叱，那老者長眉一立，回頭朝白非及那兩個少年一揮手，低叱道：「你們都出去。」

他話中像自然有一種威儀，連雲龍白非那種個性驕狂的人，也不由得不走了出去。

外面天氣仍然極為陰沉，那兩個少年嘟著嘴，跟在白非後面，一出到外面，就互相埋怨了起來，一個說道：「你剛才出手怎麼那麼客氣，要是我呀，不多傷他幾個才怪。」

另一個一撇嘴，賭氣道：「我呀，還比你好得多，你躲在後面，連手都沒有動一下。」

雲龍白非心裡有些寒，暗忖：「這兩人看來文文靜靜，笑起來也甜得很，怎的卻是如此心狠手辣？」他卻不知道這兩個少年不但心狠手辣，在江湖已是大大有名的煞星哩。

他心裡微微有些著急，不知道小鋪裡面現在到底是怎麼樣的一番光景了，忽然，他聽到一聲極為響亮的驚呼之聲，他知道那一定由許多人口中同時發出的，心中一動，忍不住想進去看看，才方自走了一步，那兩個少年已同時喝止道：「你進去幹什麼，我爹叫你等在外面，你沒有聽見嗎？」

白非心中有些不悅，他幾時受過這種疾言厲色？然而此時此地，他卻又不得不忍下來，皺著眉，緩緩在外面踱著步子。

那身材較高的少年又一笑，道：「我是好意，你可別不高興呀。」聲音又是軟軟的，和剛才像是換了個人似的。

雲龍白非有點啼笑皆非的感覺，什麼話都不能講，只得勉強一笑，負著雙手，施然而行，眼睛卻盯在那小鋪的門口。

小鋪裡現在一點聲音都沒有了，就在白非幾次忍不住想擠進去看看的時候，那老者已緩步走了出來，面上已恢復了安詳的神色。

非常人也

雲龍白非一個箭步竄了上來，想問「怎麼了？」突然又發覺自己太沉不住氣，微微一笑，將身形停了下來。

那老者想是已明白他的意思，笑道：「這裡已經沒事了，我們邊走邊聊。」

白非此刻越發斷定了這老人必非常人，在那種已是劍拔弩張的情況下，他能夠將一場將要爆發的爭戰消弭無形，這比他用武力將那些人全部制服還要令人值得佩服，心想這必定是他有令人懾服之處。

那兩個少年一跳一蹦的跟在老者後面，彷彿只要在這老者面前，他們就變成了天真的小孩子似的。

白非心中暗笑：「怎的這兩個人的脾氣這麼怪，一時半刻之內，竟變換了幾種性格？」

老者彷彿在想著什麼心事，走了一段路後，他突然回頭向白非說道：「兄台這次孤身西來，一定有著什麼事故，老夫不嫌冒昧，如果兄台不在意的話，可否告知老夫呢？」

這問題倒真使白非難住了，他到西北來，是為了跟蹤石慧，但是這理由卻又怎能對別人說出來？

因此他囁嚅著，半晌說不出話來。

那老者面色一變，彿然有不悅之意，白非訥訥道：「不是小可不說，而是……」

那老者輕輕一笑，道：「在我面前還有什麼說不得的話？」語氣中所帶的那一種力量，真能使人心甘情願的說出自己的秘密。

那身材較高的少年彷彿特別喜歡說話，此刻也道：「你這人真是的，在我爹爹面前還有什麼說不得的話？」

白非望了他一眼，他一皺鼻子，道：「你看我幹什麼？」

白非險些失笑，暗忖：「這廝倒調皮得緊。」心中有了幾分好感。

那老者笑叱道：「小二子不要調皮。」

白非再也忍不住笑出聲來，又瞅了他一眼，暗忖：「小二子，哈，原來你有個這麼漂亮的名字。」

那少年一跺腳，不依道：「爹爹真是的，當著外人也叫人家小二子。」這一嬌嗔不依，活脫脫的更是少女的嬌態樣子。

白非又一笑，暗忖：「憑你這樣子，還想假充男人？」

這一說笑打岔，老者竟不再追問白非了，此刻他對這老少三人雖然並沒有多大的認識，但竟也隨著他們同走。

片刻，來到那家小客棧，那是白非曾經來過的，老者帶著他們走到一間小房間，房間設備的簡陋，使得白非暗暗皺眉。

原來西北人民窮困已極，通常家庭裡多半無桌無椅，只有一個極大的土炕，一家人白天在上面做事吃飯，晚上就在上面睡覺，這原因說來可笑，因為他們有時全家人只有一兩條褲子，有事時才能穿，沒有褲子穿的人，怎能下得了床？這種情形直到很久以後才得改善。

這小客棧裡當然也是這種情形，那老者一擺手，讓白非也坐在炕上，笑道：「出門人應隨遇而安，比這再壞的地方，都得照睡不誤。」

他像是又看穿了白非的心事，道：「你別嫌這地方不好，有時情勢所逼，你連豬欄都得睡。」他微微一笑，道：「想當年，我就睡過豬欄的，只是那種氣味太難聞，但我還是睡著了。」

那兩個少年笑得全身顫動，白非也忍不住笑了出來。

老者突然面色一整，朝白非道：「不管你是為著什麼到西北來的，也不管你是否有心來此，但這裡即將有事發生，你是看出來的了。」

白非連連點頭，他人極聰明，如何看不出來？只是他卻絲毫不知道這裡到底發生什麼事罷了。

「你年紀還輕，我希望你能分得出正邪，不要人云亦云，做那盲從附和的呆子。」那老者道來，面上正氣凜然。

白非又連連點頭，可是他卻是糊塗了，暗忖：「他對我說這種話是什麼意思？」心中一驚，轉念忖道：「難道他已知道我和無影人的女兒有著情意，因此才發話勸阻我，可是她母親就算不好，和她又有什麼關係，何況……何況她也死了，什麼事都談不到了。」一念至此，臉上又流露出黯然之色。

他心中的思忖，使得他面上的神色亦陰晴不定，那老者哈哈一笑，道：「我真想不透，那兩個小子誰有這樣的神通，竟連天龍門下的人都能請了來。」他目光一轉，盯在白非臉上道：「天龍門除你之外，還有別的人也來參與此事嗎？」

白非實在不知道究竟是什麼事，正容答道：「不是小可瞞您，小可實在不知道這裡將要發生什麼事，天龍門有沒有別的人來，小可也不知道。」

那老者哦了一聲，目光仍緊逼住白非的眼睛，想是看出他並非虛言，過了一會才說道：「你不知道這事也好。」說著話，他站了起來，在房中緩緩兜圈子，似乎在思索著什麼問題。

白非此刻心中亦是疑竇叢生，最令他不解的，就是這老者究竟是何許人也，他究竟憑著什麼，竟能鎮住了那小舖數十個終日在槍尖刀口討生活的武林朋友，他暗忖：「這是一件極為困難的事呀，這老人必定有著什麼足以令別人心服的地方，也必定有著極大的名聲，但是我卻怎麼想也想不起來，當今武林的前輩英雄中，並沒有這麼樣一個人呀。」

「小舖中剛才所發生的，究竟是什麼事呢？為什麼那麼多人會同時發出一聲驚呼？是這老人露了一手足以使他們驚震的功夫？還是他的名聲使他們驚呼呢？」白非百思不解，這老人的來歷，竟使得本已心事重重的他又加了些心事。

那兩個少年嘟著嘴，一言不發的坐在旁邊，白非瞧了他們一眼，又忖道：「剛才那少年一揚手，那漢子就倒了下去，看樣子痛苦得很，但是他揚手之間並沒有暗器的光芒，甚至連暗器所帶起的風聲都沒有呀，當今之世，我還沒有聽說過有這種無影無形的暗器呢，即使那種細小的金針之類的暗器，發出時也不會像那樣的簡直沒有任何痕跡呀？」

這些難解的問題，使得他兩道劍眉緊緊皺在一起，坐在土炕沿上，也不知道有什麼話可以打開此刻無言的僵局。

那老者突然停下身形來，緩緩向白非問道：「你知道我是誰嗎？」白非茫然搖了搖頭。

「也難怪你不知道。」那老者一笑說道，自懷中掏出一物，在白非眼前一揚，又道：「你知道這是什麼東西嗎？」

白非見了此物，心中猛的一陣劇跳，暗忖：「原來竟是他。」心中方自驚異，那老者卻又掏出一物，朝土炕上一丟，道：「你知道這是什麼東西嗎？」並未等到白非回答，接口又道：「中原武林的數百個豪士，就是因了此物，才到這西北來的。」

白非仔細看了那東西幾眼，臉上又露出驚異的神色來。

伊人無恙

在那黃土將崩的一刻裡，石慧的江湖歷練，當然不及謝鏗及黑鐵手豐富，但是心思反應的靈敏卻非他人能及。

何況她距離窯門本比謝鏗等兩人為近，當下也念頭都來不及轉，身形一動，便掠了出去。

這在當時的確是千鈞一髮，她假如再遲那麼一點兒，便得和謝鏗等兩人一齊葬身在黃土之下。

她方掠出土窯，身後已是轟然一聲大震，她連頭都不敢回，身形弓曲之間，已然上掠數丈，這是她身受父母兩人的絕學，換了一人，也不會有這種功力逃出。

雲龍白非也就是在她之前片刻離開的，但此刻她所遇到的驚險，卻遠在雲龍白非之上，土塊都飛濺到她身上，打得她身上隱隱發痛。

黃土如洪水而下，她將她能施展出的每一分功力，都完全的施展了出來，身形如凌波之海燕，自黃土之上掠了出去。

她這一全力而奔，真氣就有些接不上來，但是她仍然不敢停留，等到後面的土崩所發出的轟然之聲靜下來之後，她才敢停下身形來。

這時她喘氣的聲音已經非常急促了，她靜立著將就了半晌，掃目回望，四周又恢復了靜寂，原來她這一陣急掠已奔出很遠了。

大難過後，她心裡反而平靜得很，這幾乎是每個人心裡都會發生的感覺。

她此來的任務，就是將謝鏗致死，此刻她已斷定謝鏗必定已葬身在黃土之內，暗忖：「他焉能再逃出活命呢？」轉念又想道：「只是黑鐵手也葬身其內，媽聽到了，不知道會多難受哩。」

她哪裡知道謝鏗並未死，世上之事，又豈是人們所能推測的呢！

此刻她任務已完成了，再也沒有什麼事了，覺得輕鬆得很，因為她又可以回家了，回家是一種多麼甜蜜的享受呀。

她輕輕一笑，驀然想起了白非，少女的心事變幻無常，她對他竟也在不知不覺中有了很深的情意，於是她對這正在懷念著她的人，也開始懷念了起來，這種感覺，是她前所未有的。

她也不知道她為什麼會理睬這年輕人，雖然她對他的態度是冷冰的，但是她卻將她的身世一切都告訴了他，雖然事後她想起來也有些後悔，然而當時她卻像是無法控制住自己似的。

「如果我回家去，此後不知道要什麼時候才能再見他了。」她幽幽長歎了一聲，漫無目的向前走去，在她心底，她還有著能再碰到他的希望，雖然也許等她再碰到他時，仍會是一副冷冰冰的樣子。

這就是少女的心情，是人們最難瞭解但也是最容易瞭解的。

她所走的路和雲龍白非同一個方向，因此所遇也相同，這裡仍然是一片荒涼的原野，黃土遍地，風仍很大。

她辨不出方向來，心裡有些著慌，想找個人問問，因為這裡四面看起來竟完全一樣，她若走錯了路，在這種生疏的地方，一定難免迷失，而她此刻有些疲倦，也有些餓了。

忽然，她鼻端衝進一股香氣，她幾乎以為是自己有毛病，因為這是燒肉的香氣，而在這種地方怎會有燒肉的香氣呢？

但是這香味越來越濃郁，她直往下嚥唾沫，肚子越發餓，終於忍不住向那香味發出的方向走去，而且越走越快，竟施展起輕功來了。

「無論如何，我也要弄它一塊來吃吃。」她生就是有我無人、一廂情願的脾氣，自己想做的事，也不問別人的感覺，就要去做，縱然做出了要惹一身麻煩，也是先做了再講的。

果然，走了不遠，她就看見前面有煙升起，因為有風，所以那煙被吹得四下飄散。

她腳尖一點，身形如箭般竄了過去，但等她看清前面的景象時，她卻不得不猛然收攝住身形，因為那使得她幾乎嚇了一跳。

原來前面有人席地而坐，因為是背向著她，是以看不清面貌，只看到那人頭髮很長，似乎是個女子，最怪的是這人衣服穿得極為破爛，在那人面前就是煙發出來的地方，燒肉的香氣也是從此發出的。

此情此地，再加上這麼樣一個怪異角色，石慧膽子再大，也不免吃了一驚，她躊躇著，不敢再往前走，而簡直想開溜了。

這是石慧前所未有的，她正想轉身，哪知前面那人卻驀然道：「後面是什麼人？」一聲音沙啞而粗，又不像是個女子。

石慧更是一驚，因為她知道自己的輕功深淺，而且極為自負，她暗忖：「我敢說我根本沒有發出一點聲音來，這人卻知道了，這真有點兒奇怪，難道這人——」她不敢再往下想。

「走到這裡來，你想走可不成！」那人又冷冷說道，像是背後有著眼睛似的，石慧看著他的背影，越來越害怕，但腳步卻一步一步往那人走了過去，心跳的聲音也越來越響了。

那人極為難聽的一笑，道：「你害怕幹什麼？我又不會吃了你。」石慧渾身激靈靈打了個寒噤，暗忖：「難道她燒的是人肉？」她雖有一身武功，但遇著此事，竟像一點兒也施展不出了。

那人咯咯笑著，一轉臉，石慧這一驚更遠比方才為甚。

照石慧的思忖，這人必定難看醜惡已極，因為她背影如此，聲音又這麼難聽，哪知這人一轉臉，卻是張奇美無比的面孔。

這美，簡直美得不似人類，那是一張瓜子臉，眼睛大而明亮，鼻子挺直，嘴巴是一個小巧而曼妙的輪廓，但是皮膚卻白得可怕，在白的裡面，還帶著些青的味道。

這使人無法推測她的年齡，石慧的心中更起了恐怖之意，因為這張臉是和這人全身的其他部分都絕不相稱的。

那女人又一笑，笑得甜得很，笑聲卻難聽得可怕，朝石慧道：「小姑娘，你一個人來這裡幹什麼，不怕壞人欺負你嗎？」

她大而明亮的眼睛裡，頓時現出一種迷惘淒涼的光芒，像是因著太多的往事而傷心，而這些往事，卻又是她永生難忘的。

石慧全身冷汗涔涔，一句話也說不出來，忽然噗哧一響，那女子喲了一聲，道：「燒的肉已經好了，怎的這麼快呀？」

原來她不知從哪裡弄來幾塊磚頭，在裡面燒著枯樹枝弄出很多煙來，而那磚頭上卻放著一個大瓦鍋，裡面的水滾著，發出噗嗤噗嗤的聲音，也發出異常濃郁的香氣。

那女子掀開鍋蓋，香氣更是撲鼻而來，石慧忍不住又咽了一口唾沫，她心裡雖然害怕，但生理上的要求卻仍然強烈。

那女子也看到了，道：「你想吃一點嗎，那就坐下來，不要假客氣。」說著從身旁的一個大布袋裡拿出一套碗筷，道：「我從來沒有請別人吃過我做的東西，今也是我看你特別投緣，但是我碗筷只有一副，只好等我先吃了你再吃了。」

石慧不敢作聲，那女子伸出手，竟十指蔥蔥其白如玉，那碗也是極上品的磁器，筷子竟然是象牙的，石慧更奇怪，她方才竟以為這女人是鬼，現在雖已沒有這種感覺，但卻更奇怪，眼看著她拿著一個湯杓將瓦鍋裡的東西盛了出來，放在碗裡，用筷子慢慢吃著，吃得香得很。

石慧肚子裡可難受得很，她睜著大眼睛望著那香氣撲撲的鍋子，心裡恨不得那女人快點吃完，哪知那女人吃得更慢，一面說道：「我天生吃飯就慢，你要是等不及，就用手在鍋裡抓著吃好了。」

石慧嗯了一聲，暗忖：「這麼燙的東西，怎麼能用手抓來吃？」她瞅了那女子一眼，看到她破爛的衣服，心中恍然忖道：「看她這樣子，一定八成是個女瘋子。」嘴裡可不敢說出來。

那女子一面吃一面笑，笑聲雖然大，石慧聽起來可沒有一點兒笑意，她心裡有些發慌，不知道這女瘋子對她究竟有什麼用心。

那女子望著石慧，笑道：「你怎麼不吃呀？」石慧哭笑不得，那女子又道：「你怕燙，不敢用手抓著吃是不是？」

石慧有些奇怪：「怎麼我心裡想著的事，她好像都知道的樣子。」一股涼意，由背脊直透頭頂，老實說，這種能預知別人心意的人是有些可怕的，何況這女子看來又是這樣奇詭。

那女子突然將手裡的碗筷都遞給石慧，笑道：「你怕燙，我可不怕，你用筷子吃好了。」

石慧不由自主的接了下來，那女子拍了拍手，仔細的看了看自己的手，一面說：「不髒，不髒。」竟將一雙纖纖玉手伸進仍在沸騰著的瓦鍋裡。

石慧又不禁激靈靈打了個冷戰，那女子在鍋裡撈了半天，撈了一大塊肉出來，手上仍然玉指蔥蔥，這雙玉手竟像是鋼鐵所鑄的，絲毫沒有因著這沸騰的肉湯而有半點紅腫。

那女子像是行所無事，一面吃肉一面道：「你快吃呀！」

石慧暗忖：「這女子的內功竟已到了水火不侵的地步了，這我雖然聽人說過，可是老不相信，想不到這女瘋子竟是個這麼樣的高人，可是她究竟是誰呢？我卻從來沒有聽說過這樣一位人呀！」

她呆望著碗裡的肉，香氣更一陣陣往鼻子裡衝，她暗笑自己的饞，但還是忍不住用筷子夾了一塊，放在嘴裡咀嚼著。

這一吃之下，她只覺得是生平從未吃過的美味，趕緊又夾了一塊，不一會兒，大半碗連湯帶肉都被她吃了個乾淨。

她意猶未盡望著瓦鍋，意思是再來一碗，那女瘋子卻一點也不瘋，笑道：「你還想再吃一碗吧，來，別客氣。」

石慧臉微微一紅，那女子又笑道：「你別怕難為情，這我也是不花錢買來的，吃光最好。」說著，她又從那大布袋裡拿了一大片生肉出來，道：「這條狗我吃了兩天，還沒有吃完，再不吃完就要壞了，有你幫著我吃，再好也沒有。」

石慧一驚，瞪大眼睛道：「狗肉！」

那女子笑嘻嘻的說道：「對了，狗肉，你說好吃不好吃？」

石慧覺得一陣噁心，剛才吃下去的東西在肚中翻江倒海，直想往外吐，可是又吐不出來，乾嘔了半天，一點兒東西也沒有吐出來。

那女子笑得咯咯出聲，道：「這是天下最好吃的肉，你要是不吃一次，你可真叫白活了。」

石慧越想越噁心，那女子笑得打跺，道：「真開心，到西北來，今天是我最開心的一天了。」彷彿只要別人難受，她就開心似的。

關東馬豪

那女子又吃又喝，石慧雖然餓，可再也不敢吃一口了，那女子也不管她，吃完了，將鍋裡剩下的一點肉湯往燒柴上一倒，連連叫道：「可惜！可惜！」鍋也不洗，碗也不洗，又放進大布袋裡。

石慧眼睜睜望著她，心裡想走，又不敢，她有生以來，幾曾遇過這樣的事？心裡直感委屈，眼圈兒都紅了，像是要淌眼淚的樣子。

那女子將東西都收拾好，拿起大布袋往背上一背，石慧鬆了口氣，暗忖：「這一下她可要走了。」

哪知那女子衝她一笑，道：「你可別想丟下我一走就算了，我寂寞得很，要個人陪陪我。」

石慧勉強張口想說話，那女子卻一板面孔，道：「你要是像男人一樣，隨隨便便就把我丟了，我就要殺死你。」

石慧頭皮發麻，不知該怎麼樣好，那女子兩道柳眉幾乎倒豎了起來，道：「天下的男子呀，都不是什麼好東西！」她轉過頭向石慧道：「你人漂亮，年紀又輕，千萬別上男人的當呀！」

這女子有時神智不但非常清醒，而且智慧也像比別人高，可是有時候說話卻又顛三倒四的，不知道在說些什麼，再加上她這一身打扮，石慧暗忖：「她一定是個瘋子。」但瘋子又怎會有這麼深湛的功夫呢？石慧真的有些迷糊了。

那女子搖搖晃晃地走了幾步，眼角不時去瞧石慧，石慧有些怕她，只得乖乖地跟著她走。

那女子笑道：「看樣子你輕功也不錯，跟著我來吧。」身形一動，快如閃電，向前掠去，霎時已消失了身影。

石慧大喜，身形猛轉，也以極快的速度向相反的方向奔去，幾個起落之間，她暗忖：「這下我可逃開了吧。」

念頭尚未轉完，身側已有人冷冷說道：「我早就告訴你說，你想跑可辦不到。」

石慧一回頭，卻看到那女子又來到她身側。

石慧的輕功在武林中已可算是第一流的了，但這女子的輕功更像是不可思議，石慧又氣又怕，忽然心中一動，暗忖：「媽媽給我的藥，我還沒用完，正好給她用一點。」

她自幼耳濡目染，將人命看得一文不值，想到此處，她不再反抗，跟在那女子後面，但是那女子輕功太高，她又根本追不上，極力地施展出功夫，但是她究竟是個女子，年紀又這麼輕，雖然一時間還不會怎樣，但現在她卻已叫苦連天了。

那女子走了一段，又歇了下來，再走了一段，她道：「肚子餓了，我們燒東西吃吧。」

石慧一怔：「她肚子怎的餓得這麼快？」

那女子身形四下流走，一會兒，竟被她弄了三塊平平正正的大石頭塊，又去找了些枯柴，拿起瓦鍋，又燒起狗肉來。

她升起火煮起肉來，石慧心裡好生氣，但氣卻只能氣在心裡而已，一句話也不敢說出來，怔怔地站在她身旁。

那女子臉色愈發青了，又好像有點冷，她伸手一拉石慧道：「你怎麼不坐下來？」

石慧一縮手，因為她的手竟涼得可怕。

她不甘願地坐在那女子身旁，火越燒越旺，她從布袋中取出那一大片生狗肉，隨手切去，那肉竟應手而被切成一塊塊的，生像她那一雙玉手竟是利刀似的，石慧更是吃驚，暗忖：「這女瘋子的功夫怎的這樣驚人？」這名滿江湖的兩位武林高手的後人，卻被這種不可思議的功夫震住了。

那女子又從布袋中取出一個皮囊，裡面竟滿裝著水，又拿出了幾個小罐子，裡面有鹽、有佐料，石慧暗忖：「這布袋裡還有什麼東西？」詫異的望著那布袋，又不敢動手去看。

不一會，瓦罐裡的香味又自溢出，石慧雖然知道這是狗肉，也禁不住這香味的誘惑，直流口水，她生平沒有吃過狗肉，雖然覺得很噁心，但這種南方的異味，她竟有再吃一次的想法。

忽然那女子眉頭一皺，不悅地說道：「怎麼又有人來了？」

石慧留意傾聽，卻聽不出一絲聲音來，方才暗忖：「這種鬼地方還會有什麼人來？」念頭未轉完，突然聽到有馬蹄行走的聲音。

她不禁暗暗欽佩這女子聽覺之敏銳，自己也是從小練武，旁人聽不見的東西，自己也能聽出來，但和人家一比，卻差得太遠了。

馬蹄聲本來不是衝著這方向而來，但到後來，蹄聲卻越來越近，那女子冷笑一聲，道：「又有幾個饞鬼來了。」

片刻之間，就來了幾匹馬，從馬上人坐在馬上的姿勢看起來，這些人馬上的功夫都極好，石慧不免睜大眼睛去看，那女子卻低著頭，動也不動，注視著鍋中即將沸騰的肉湯。

那幾匹馬來到近前，其中一人道：「好香的味道，俺又累又餓，有東西吃真是再好沒有了。」一口的關東口音，而且語氣之中，彷彿只要有東西他就能吃似的，至於人家讓不讓他吃，那全都不放在他的心上。

那女子冷笑一聲，目光隱隱露出殺機，低罵道：「臭男人！」

石慧暗笑：「這女瘋子怎麼對男人這麼樣恨法。」

那幾匹馬上的騎士刷的一齊下了馬，身手乾淨俐落之至，他們共是四人，手裡揮動著馬鞭子，大刺刺地走了過來。

石慧暗啐一口，也覺得這些人極為討厭，這些人不知道自己倒楣的時候已經快到了，還高興得很，其中一人身軀最為彪壯，扯著大嗓門道：「今天俺兄弟真是走運，不但有吃有喝，還有這麼漂亮的兩個娘兒們陪著，想不到這趟到這裡來，還有點收穫。」

另一人怪聲笑道：「俺對娘兒們倒不感興趣，只要老三的酒帶來就行了。」這般粗豪小子，四肢雖甚為發達，頭腦卻遲鈍得很，可沒有想到在這種荒涼的地方，人家兩個女子敢孤身坐在這裡，難道沒有一點仗恃嗎？兀自笑著、叫著，像是突然看到什麼寶藏似的。

先前那彪形大漢又笑道：「俺兄弟真是青菜豆腐，各有所喜，老二、老三喜歡喝酒，俺和老四卻喜歡酒字下面那兩個調調兒。」說著話，粗聲大笑著，一屁股坐在石慧的身邊。

石慧以為那女子必定會發作，哪知那女子卻笑了起來，笑的聲音輕輕的，道：「肉就快煮好了，爺們等一會再吃吧。」

那大漢甩著眼睛望著她，笑道：「這娘兒有點兒意思，喂！你怎的不穿件漂漂亮亮的衣服，以後你跟著俺，不但管保你有吃有喝，還得管保你打扮得標標緻緻的，哈，哈。」他敞開喉嚨大笑了幾聲，又道：「今天你遇著大爺們，真算你走了運了。」

那女子便輕輕地笑著，石慧一肚子悶氣，依著她的性子，不把這些粗漢一個個撕成兩半才怪，但她看到這女子的樣子，卻只得將悶氣留在心裡，暗罵：「這女瘋子到底是什麼玩意兒？」

另外三個大漢也坐了下來，那嗜酒的老二怪笑著說：「你們遇見俺大哥，可真是走運了，俺大哥在關東是有名的溫柔體貼，是個風流多情的大英雄——」說著，他又大聲笑道：「老三，快把酒拿出來，咱們幹咱們的。」

石慧望著老大的尊容暗忖：「這還叫溫柔體貼、風流多情呀？」一噁心，連隔夜的飯都快吐出來了，連忙將身子移開了點兒。

哪知那老大卻伸出一隻毛茸茸的粗手過來，笑道：「小娘兒們，別害臊，大爺又不會吃了你，管保玩得你舒舒服服的。」

石慧面目變色，方想動手，卻見到那女子朝她使了個眼色，其中彷彿有著什麼深意，只得心一鬆，將手收了回來。

那女子輕輕一笑，道：「爺們都是從關東來呀，這麼遠巴巴的跑到這種鬼地方來幹什麼呀？」

另一人想必是老四，笑著接口道：「來看你呀。」兩隻眼睛，幾乎瞇成一條縫了。

老大卻一本正經的說：「大爺們是別人特別請來辦事的。」他故意歎了一口氣，做出十分了不起的樣子說道：「想不到中原武林中都是膿包，真遇上了事，還得讓大爺辛辛苦苦的從關外跑來。」

石慧面色又一變，悄悄伸出手去，在瓦鍋的邊緣摸了一下。那鍋裡肉湯已在翻滾著，顯見得肉已經可以吃了。

黑蛇令符

「肉已經可以吃了，老三，快動手。」老二接過酒囊，呷了一大口，嗖的一聲，從懷中拔出一個解腕尖刀，自鍋裡挑了一大塊肉出來，又似乎嫌太熱，放在手上慢慢涼著。

其餘三人也各自拔尖刀，老大笑道：「這肉可燒得真不錯，過兩天大爺事辦完，把你接回家，天天給大爺煮肉吃。」

石慧暗中冷笑一聲，臉上的神色令人難測，只是那四條粗漢正自興高采烈，根本沒有注意到她面上的表情罷了。

那女子笑道：「你們也是接到了『黑蛇令』吧？」面上露出一個極為奇怪的表情。

那四個漢子倒真吃了一驚，同聲道：「你也知道？」

那女子又一笑，自懷中取出一物來，黑黝黝的，發出金屬的光。老大更吃一驚，剛伸手想去接過來，怎的慘叫了一聲，倒在地上了。

這一下，可輪到那女子有點吃驚，另外三個大漢方喝罵道：「臭娘兒們，你們——」還沒罵完，三個人也一齊慘呼著倒在地上了。

石慧冷笑一聲，罵道：「臭男人！」

那女子咯咯笑了起來，道：「真看不出你來，小妹妹，你還有這麼一套。」

石慧所施的毒豈是小可，那謝鏗何等功力，只是聞了一下，已自中毒不支，這四條粗漢竟吃了下去，此刻早已全身發黑，死去多時了，那女子朝他們的屍身看了一眼，轉過頭來，靜靜的看著石慧，眼中竟露出喜悅的光芒。

石慧此刻對這女瘋子非但不像方才的恐懼、懷恨，而且甚至微微有些好感了，微微笑道：「對不起，這鍋子恐怕再也不能用了。」

那女子咯咯笑道：「你以為我不知道嗎？天下除了無影之毒外，再沒有一種毒藥能這麼厲害了，喂，我說小妹妹，你是無影人的什麼人呀？」

石慧又一驚，暗忖：「她怎麼什麼都知道？」

那女子睜著一雙明如秋水的眼睛，靜靜等著她的答覆，石慧看得出她絕不像其他的人對她媽媽有著又恨又怕的惡意，遂說道：「她是我的媽媽。」語氣之中，對她有這樣一位媽媽頗為自豪。

那女子喲了一聲，笑道：「真是有其母必有其女了，做得又乾脆又俐落。」石慧一笑，那女子又笑道：「我早就想看看你媽媽，卻想不到媽媽沒有看到，反而先看到女兒了。」

石慧一笑，問道：「你能告訴我你是誰嗎？」

那女子目光中立時又露出那種幽怨、淒涼和迷惘的樣子，喃喃低聲道：「我是誰？我早就死了，現在已經不是我了！」

石慧倒沒有因著這莫名其妙的話而驚異，因她早就知道自己的問話一定得不到回答的，低頭一下，那黑黝黝的鐵牌仍在那女子的手上，腦海中晃過黑蛇令三字，心裡模模糊糊的有些兒印象，彷彿以前也聽說過，只是這印象已經很難記憶清晰了。

於是她問道：「這就是江湖上傳說的黑蛇令符嗎？」那女子一點頭，石慧又道：「你是不是也因為這黑蛇令符到來這裡的呢？」

那女子眼中精光暴射，道：「他配叫我嗎？」隨又低低說道：「我來這裡，是為著另一樣事。」眼中又現出那種神色。

石慧悄悄接過那黑蛇令，極有興趣的把玩著，一面問道：「這黑蛇令到底是怎麼回事呀？以前我好像聽爸爸說過，不過現在又忘了。」她現在對那女子已無恐懼，又恢復了她那種天真嬌憨的態度。

那女子望了她一眼，眼中竟有些慈愛之意，彷彿雖然不願意說話，但卻也不忍拂了這天真少女的心意一樣，緩緩說道：「當時江湖中最好的幫會天龍會因掌門人清理門戶而瓦解了，天龍門下千百萬兄弟頓時沒有依靠，那時武林中有個很年輕但是武功卻極高的人，叫做『千蛇劍客』的——」說到這千蛇劍客，她倏然頓住了話，臉上滿是怨忿之情。

石慧接口問道：「這千蛇劍客的名字我倒聽過，他是不是和當時江湖上最負盛名的一對俠侶白羽雙劍齊名，被武林中同尊為『武林三鼎甲』的那人，只是他們不是都早已隱跡江湖了嗎？」

「武林三鼎甲！」那女子呻吟似的低語了一句，面上流露出令人難解的神色，然後點了點頭道：「對了，就是此人，他以一柄靈蛇劍和一袋靈蛇鏢得名。」她又頓了頓，指著那黑蛇令道：「哪，這就是他當年以此做盡壞事的靈蛇鏢了。」

石慧極有興趣的傾聽著，那女子又道：「因為他武功太高，雖然壞事做盡，可沒有人敢說他什麼，他名聲更高，雖然那僅僅是臭名而已，但是等到他網羅天龍門的所有兄弟，自組了個靈蛇幫之後，他居然一本正經、滿面道學地做起好事來了，江湖中人卻很高興，哪知他壞事做得更多，只不過是暗中行事，沒有人知道罷了。」

「於是，別人竟將他尊為武林三鼎甲中的狀元，他也就表面做得更好，後來——」她又頓了一下，目光閃動了許久，才接著說道：「後來不知因著什麼，此人竟失蹤，靈蛇幫那等赫赫的聲威，也因著他的失蹤而風消雲散了。」

石慧聽得出神已極，此時接口道：「我好像聽爸爸說過，他的失蹤和當時也一齊隱跡的白羽雙劍有著關係，是嗎？」

那女子一轉頭，不讓石慧看到她面上的表情，道：「這個我也不太清楚。」石慧哦了一聲，像是因為聽不到故事而失望得很。

許久，那女子低著頭，不知在想些什麼，石慧突然道：「現在這黑蛇令怎麼又重現了呢？」

那女子沉思著，像是根本沒有聽見她的話，她等了一下，又問了一句，那女子緩緩抬起頭來，道：「這個我也不知道是什麼原因，不知道那廝又在玩什麼花樣，我本來以為他只請了中原武林的人物——」她目光掃了那四具屍體一眼，又道：「卻想不到他連關東的馬賊都給請了來。」

石慧又哦了一聲，道：「這一下這裡可要有熱鬧好看了吧？」

那女子苦歎了口氣，道：「只怕這熱鬧還不會太小呢！」低下頭，又陷入回憶裡去，像是回憶雖然使她難受，但也有令她覺得甜蜜的地方。

這兩個女子年齡不同，身世也迥異，但性情上卻有著許多相同的地方，那女子抬起頭來，一笑道：「今天恐怕是我話說得最多的一天了。」石慧望著她美麗的面孔，心裡又加了幾分好感，那女子又歎道：「多少年來，我都沒有和人說過話哩。」

四野雖然仍極陰淒，然而這堆柴火的旁邊，卻像充滿著得意。

雖然，那四具顯得極為猙獰可怖的屍身仍然倒臥在那裡，然而人們只要心中溫暖，其他的任何事都不放在心上了。

「你要不要跟我去看看熱鬧？」那女子緩緩站了起來，問道，石慧心裡何嘗不在這樣想，立刻道：「好極了，你帶我去吧。」將回家的事，忘得乾乾淨淨，也站了起來，此刻已經是傍晚了。

白羽雙劍

白非望著那老者拿給他看的兩件東西呆呆的出了會兒神，這兩件東西他以前雖然都沒有看見過，可是已經聽過很多次了。

然後他驚異的抬起頭來，望著那老者道：「你老人家就是白羽雙劍？」白羽雙劍的名聲天下皆知，豈只白非而已。

那老者微微一笑，指著拋在炕上的東西道：「這『黑蛇令』你也知道吧？」

他又一笑，道：「這和你們天龍門還有些關係呢！」

白非恍然道：「難怪我看有這麼多武林豪士都聚集到此地來，想必是那千蛇劍客靜極思動，又想重振旗鼓了吧？」

那老者微微笑道：「他們還是一幫一幫來的呢，聽說那千蛇劍客又想重振靈蛇幫，並開十二個香堂，由武林中人公平較技，勝者為強，是以有野心在靈蛇幫占些地位的人，都約了幫手，群集此地，都是想在這十二香堂裡占一席位的呢！」

白非一笑，道：「老丈大概以為我也是其中之人吧？」

那老者哈哈大笑道：「原來我也在奇怪，堂堂天龍門的少掌門人，怎麼也會來蹚這渾水——」

白非接口道：「老丈來此，還是為了昔年未了之事嗎？」話問得含蓄得很。

那老者正是昔年名揚天下的白羽雙劍中的司馬之，此刻搖頭，道：「昔年的恩怨，老夫早已忘卻多時了，此來卻是為著要找一個人的。」他長歎了一聲，又道：「浩浩江湖，知道老夫昔年恩怨的，只有令尊大人一人而已——」

白非沉思未語，突然道：「千蛇劍客此次重現江湖，想必是又得了什麼武學絕傳，是以才敢如此大張旗鼓地去做。」

司馬之搖頭歎道：「他華髮已鬢，想不到還有這一份爭雄的野心，老夫將這些事卻早已看得極淡極淡了。」

那兩個少年此刻面上也現出憂怨之色，白非望了他們一眼，向司馬之道：「這兩位想必是令嬡了。」

那兩個少年臉上一紅，司馬之滿懷感慨的臉上也露出笑容道：「你看得出來他們是女扮男裝的？想不到你年紀輕輕，目光卻銳利得很。」

白非暗笑：「這還有誰看不出來？」

司馬之指著身材較長也就是那很愛說話的一個笑道：「這是我的義女，你別看她年輕，她在江湖上的名聲也不弱於你哩。」

白非哦了一聲，他方才看過她的功夫，並非因此話而懷疑。

那女子卻嬌笑道：「爹爹真是的——」口中雖在不依，心裡卻像是高興已極，司馬之哈哈笑道：「你這位羅剎仙女還會不好意思？」

白非哦了一聲，恍然忖道：「原來她就是崑崙雙絕手裡六陽神掌鄭劍平未過門的夫人。」心中竟微微有些失望，當然，這種微妙的心理，除了他自己之外，誰也不會知道。

司馬之又指著另一個道：「這個也是我的義女，叫小霞，她從小離開父母，就跟著我的姓了。」司馬小霞嘟著嘴，望著白非，似乎在怪她爹爹為什麼不捧她兩句，司馬之眼光中滿是慈祥的愛意，笑道：「她除了撒嬌之外，可什麼也不會。」

司馬小霞嚶嚀一聲，倒在炕上，粉臉想必已紅得像熟透了的櫻桃了，白非望著她嬌憨的樣子，心中卻浮起石慧的影子。

司馬之走過去，撫著她的秀髮道：「老夫雖然沒有兒子，但有了這兩個義女，也就心滿意足了。」

白非心中一動，突然問道：「白羽雙劍昔年形影不離，後來怎的突然離開了呢？小可對老丈昔年的韻事雄跡，雖然曾聽家父談過一些，但卻仍然不甚清楚。」司馬之臉色一變，竟流露出怨恨與幽憂這兩種情念所混合的神色。

白非馬上知道自己的話問得太孟浪了，竟觸痛了人家心底的創痕，後悔得很，但話已出口，想收回也來不及了。

司馬之卻並沒有怪他，只是苦歎道：「此事說來話長，以後有機會，再說給老弟知道吧。」

白非望著他，覺得這名滿天下的大俠雖然話中處處流露出英雄垂暮之情，但眉目之間，卻仍時時現出過人的英豪之氣。

此刻，他也恍然瞭解了方才小舖裡群豪們為什麼在發出一聲驚呼之後便沒有任何舉動的緣故，他暗忖：「那是因為他們看到了這位大俠昔年被江湖中視為聖者的白羽令的緣故呀。」

他望了那支曾在司馬之手中把玩著的白色羽毛一眼，又望了望那炕上的黑蛇令忖道：「想不到這武林中人極難見到的黑白雙令，今天都被我看到了。」

其實黑蛇令還容易見到些，這白羽令卻一共只有兩根，武林中人要想見上一見，的確是不太容易的。

司馬小霞突然翻身坐了起來，兩隻大眼睛一眨一眨的望著白非，道：「喂，我爹爹剛才問你為什麼到西北來，你怎麼不說呀？」

白非臉又一紅，司馬之看出他的窘態，笑道：「霞兒，不要多開口。」小霞一生氣，又嘟著嘴倒回炕上去了。

驀然，客棧中的人聲喧嘩了起來，許多人的腳步聲奔來奔去，像是發生了什麼事故，司馬小霞和羅剎仙女樂詠沙對望了一眼，大有想出去看看的意思，白非也是少年心性，好奇之念大起，也從炕上站了起來道：「我出去看看。」

她們感激的望了他一眼，他整了整衣裳，方才想走出去，哪知門外竟有人敲起門來，樂詠沙嬌喝道：「什麼人？」

門外閃進一個人來，白非面色一變，暗忖：「這人怎的不等回答就闖了進來？」再一看，卻是客棧中的店小二，怒火也就消退了。

店小二張口想說話，樂詠沙卻搶著問道：「外面亂哄哄的，是什麼事呀？」

那店小二咧開嘴一笑，道：「這兩天我們這小地方可來了許多大俠客，客官想必也知道的了——」他話還沒有說完，樂詠沙已皺眉喝道：「少嚕嗦，我問你外面出了什麼事？」

店小二暗的一伸舌頭，忖道：「別看他人長得像女孩子，脾氣卻那麼大。」他若知道她根本就是女孩子，恐怕更要吃驚了，但是他心裡搞鬼，嘴裡卻恭恭敬敬的說道：「聽說這裡又來了幾個大俠客，叫什麼天中六劍的——」

樂詠沙哦了一聲，道：「他們來了。」那店小二兩次被她打斷了話，站在那裡，竟沒有再開口，樂詠沙又喝道：「快說呀！」

店小二道：「另外還有姓謝的，叫做什麼遊俠，這位謝大俠像是名頭很大，到這裡來的俠客，好像全認識他。」

他一口氣說到這裡，咽了口唾沫，白非暗忖：「怎麼他也來了？」

「住在我們小店裡的俠客們聽到他來了，全跑了出去看他，聽說那位姓謝的俠客最近報了一件大仇，別人也都在恭喜他。」

司馬之卻突然問道：「這姓謝的是和天中六劍一齊來的嗎？」

店小二點頭道：「他們一齊來的有十幾個呢！」

司馬之輕輕一皺眉，低語道：「這倒奇怪了。」他雖然隱跡江湖多年，但武林間事他仍然清楚得很，此刻聽說遊俠謝鏗竟和武林中聲名素來狼藉的天中六劍一齊來，心裡當然有些奇怪。

店小二見他們不再問話，暗忖：「這些爺台們真難伺候。」轉頭想走，忽然又回過頭來，將手裡捏著一張紙條交到司馬之面前，一面說道：「方才有三個人說要找你老人家，他們只說姓司馬的，小的本來不知是誰，後來聽他們一形容，小的就知道那一定是你老人家了。」他似乎非常喜歡說話，一開口就是一大串，

司馬之臉色微變，道：「人呢？」

店小二一攤手，做了個無可奈何的姿勢道：「這三個只交了張紙條給我，叫我交給你老人家，人卻早就走了。」

司馬之一手接過紙條，道：「知道了。」等店小二走了出去，他奇怪地低語道：「這會是誰呢？」臉上神色更為詫異。

相逢如夢

他緩緩展開字條，司馬小霞和樂詠沙都擠在他後面，白非雖然不好意思擠著去看，但也伸長了脖子，用眼角偷偷去望。

那是一張普通的紙，上面寫的話可並不普通，只見上面寫著道：「方才飛鴿傳書，得知二十年前故人也來此間，欣慰莫名，弟此次聚會群雄，卻未想到我兄也來至此間，以至未能迎迓，歉甚。

此後我兄行處，一路弟已命專人接待，弟每思及與兄把臂言歡時之樂，此心便躍然而喜矣，特此專祝旅安。」

下面的署名是邱獨行，司馬之當然知道那就是千蛇劍客的本名，但卻再也想不到他竟會有此一舉，心中大異，暗忖：「他怎會知道我在這裡的，難道他也在此小鎮上嗎？」

但他自己隨即推翻了自己的想法，恍然忖道：「必是我方才在小舖中露出身分時，有人以鴿書通知了他。」他心裡有些吃驚，這千蛇劍客的消息怎會如此靈通，忖道：「看來二十年來邱獨行不但另學了一身武功，在這西北之地也有著極大的勢力哩。」

於是他抬起頭朝帶著詢問的眼色站在旁邊的白非道：「看來昔年的恩怨我雖然已忘卻，別人可並沒有忘記哩。」

樂詠沙嗔道：「沒有忘記又怎樣？」羅剎仙子以手辣著名江湖，對這昔年江湖中的第一人——千蛇劍客居然也不大賣賬。

司馬之雙目一張，道：「我倒要看看這邱獨行二十年來又練成了些什麼超凡入聖的本領。」語氣中雄心頓張。

白非暗笑：「果然不出我所料。」他此次出來本想闖蕩聲名，現在這西北邊陲之地，居然際會風雲，群雄畢至，他暗忖：「這正是我一顯身手之地。」滿腔熱血上湧，雄心也頓時飛了起來。

司馬小霞又突然問道：「遊俠謝鏗又是怎麼的一個人呀？」她年紀本幼，心情不定，每每會問出一句無頭無尾的話來。

司馬之道：「此人義聲震動江湖，聽說是個沒奢遮的漢子。」

白非哼了一聲，不屑地說道：「只怕也未必盡然如人言吧。」

樂詠沙也接口道：「我看他能和天中六劍混在一起，也未必是什麼好傢伙。」

司馬之低頭沉吟道：「這我也覺得奇怪得很。」頓了頓，又道：「他大仇得報，莫非他已將黑鐵手除去了嗎？」

他眼睛看著白非，顯然這句話是向白非說的，白非又哼了一聲，道：「他雖然殺的是殺父仇人，但也是他的救命恩人呢！」

司馬之三人都有些奇怪，白非遂將事情的經過都說了出來，司馬小霞和樂詠沙卻替黑鐵手可憐，還在怪著謝鏗的無情，司馬之長眉一豎，道：「若然你們是謝鏗，你們又會怎麼做呢？」

這句話說盡了謝鏗的苦衷，勝過了千百句為謝鏗辯護的話，白非不禁低下頭來，他對謝鏗雖有偏見，此時亦是無言相對的。

司馬之當然也看出這情形，他對這英俊瀟灑的少年不但極為愛護，而且還存著一分深心，因此岔開話頭道：「我肚子又有些餓了，白老弟，再出去喝兩杯吧。」抓起放在桌上的酒瓶，搖了搖，笑道：「這裡面還有著大半瓶酒哩。」

白非一笑，也解開窘態，笑道：「我也有些餓了哩。」

這老少四人走到街上，天色竟已經全黑了下來，談話之間，是最容易消磨時間的。

就在這短短兩三個時辰內，街道上竟已大換了一番面目，這本是荒涼的小鎮，現在竟因著這許多遊客而突然繁華了起來。

每家店鋪都照著很亮的燈，原先做著別的生意的鋪子此時也臨時添了些桌椅，做起吃食生意來，街上人也很多，盡是些神足氣壯，一望而知為練家子的武林人物，看到司馬之等幾人，有人只淡淡一眼，有人卻在竊竊私語，大約已經知道這安詳和藹的老者就是昔年名震江湖的白羽雙劍了。

白非暗忖：「此時此地，希望不要碰到謝鏗才好。」他當然不是怕謝鏗，而是覺得略微有些兒不好意思，這是他聽了司馬之的那句話才生出的感覺，其實謝鏗又何嘗願意碰到他呢？

謝鏗極為不願意和天中六劍等人在一起，然而他生性豁達，什麼人都拂不下面子來，當六合劍和凌月交手，凌天驀然發現伍倫夫手中的黑蛇令，才喝止了凌月劍客。

於是他們都知道了彼此是為著同一件事而來，天中六劍此來抱著野心極大，他們雖然生性怪癖，但卻都是聰明人，見了謝鏗和丁善程的武功，自然有拉攏之意。

因為他們知道此次西來的好手必定很多，增加自己的力量，總是件好事，他如此想，金剛手又何嘗不是這種想法。

因此雙方一拍即合，居然結伴而來，謝鏗雖然不願和他們一路，但江湖遊俠都是些熱血男兒，謝鏗也想參加參加這件熱鬧，因為除了有數幾個人之外，誰也不知道這千蛇劍客的真相。

謝鏗還很興奮，想見識見識這昔年武林中的泰山北斗人物。

這其中的種種曲折，白非和司馬之等人當然不知道，因此他們都在奇怪著遊俠謝鏗怎會和天中六劍混在一起。

白非心裡不願見到謝鏗，目光卻在四下搜索著，這是人們都有的心理，當他不願見到一人時，目光卻往往會搜索著此人，這是極為矛盾的心理，但也是極為正常的心理。

他目光四處流動，忽然面色大大的改變了，暗忖：「難道我眼睛花了嗎？」

伸手揉了揉眼睛，再定睛一瞧，心頭不禁猛然一陣劇跳。

「呀，真是她，她居然沒有死，天呀！這不是夢嗎？」他眼光遠遠盯住一人，原來那人竟是他時刻未忘的石慧。

他失魂落魄似的從人叢中穿了出去，司馬之奇怪的問道：「什麼事？」他也沒聽見，司馬之更奇怪，也跟著走了過去。

當石慧瞧見他時，那時她的心情也幾乎和他一樣，兩人四目相對，像是目光中含著吸引對方的力量，腳下不由自主的朝對方走了過去。

司馬小霞嘴一嘟，心中有些酸酸的感覺，樂詠沙望著她，心中暗笑：「這小妮子竟也春心大動了。」她已有了歸宿，大有飽漢不知餓漢饑之意。

「你也在這裡。」石慧熱情也激蕩了起來，以前冷如冰霜的裝作在這一段隔離之後再也無法繼續下去了。

這時她身後如鬼魅般的走出一個長髮女子，狀如女丐，帶著笑意望著這一雙互相都墜入情網的少年，心中連帶的也有了些甜意。

原來石慧和那詭秘女子竟也一齊到了這小鎮上來了，那詭異女子這半日來已對石慧深為鍾愛，是以見了她這種樣子，知道她和這俊逸的少年人彼此都有了很深的情感，心裡也在為她高興著。

她眼中竟隱隱含著淚光，想起以前的自己，心裡更是感觸甚多，正想走開一步，抬頭一望，自己的一顆心也幾乎跳到腔子外面了。

這一個西北邊陲的荒涼小鎮上，不但群集了武林群豪，而且在這小鎮上所發生的情感上的波瀾更遠比武林中的波瀾為大哩，其實武林中所有的波瀾，又有哪一件不是因著人們內心的波瀾所引起的哩？

第三章　千蛇之會

黯然神傷

石慧眼中含著喜悅的淚光，凝睇注視著白非，她自己也不知道，為什麼此時會對他流露出如許濃郁的情意，她年紀還輕，有關情感方面的事經歷得也少，當然不會瞭解人類的情感，假如已被抑制了許久，那麼在一個偶然的機會中爆發出來時，其力量是常常會令人覺得驚異的，只是這種驚異中常常包含著喜悅罷了。

良久，她才憶起這世上除了他們兩人之外，還有著許多別的東西存在的，於是她略為有些羞澀的回過頭去，也許她想讓那一齊來的女瘋子也能分享一份她此時的喜悅。

但是她一轉頭卻愕住了，原來那詭異的女子此時螓首微垂，右手停留在鬢間的亂髮上，一雙明亮的眼睛，那長長的睫毛上也掛滿了淚珠，這情形不是和她自己一模一樣嗎？

她再也想不到這武功詭異、個性詭異、身世更是詭異的女子會有這種表情，她再回過頭來，白非仍癡癡的望著自己，在白非的左側，站著一個兩鬢已經斑白的老人，神情竟也和白非一樣。

若不是她此刻的心情不同，若換了平日，她見了這一老一少兩人的神情，怕不要笑出聲來，白非臉上帶著癡癡的神色，在他這種年紀來說，還不以為異，可是司馬之鬍子都快全白了，有這種神色，就未免有些可笑，何況他就站在白非身側，兩人一相對照，這種情況可就更顯得滑稽了。

但白非和司馬之自己的心裡卻沒有一絲半點可笑的成分，白非此刻心裡充滿了柔情蜜意，石慧見了他這時的神情，看起來比天下任何事都要美妙多倍，他本已濃郁的情意此刻更濃郁了，是以，他連站在身側的司馬之都沒有注意到。

至於司馬之呢，他此刻的心情更複雜了，他望著對面那頭髮鬆亂、衣衫襤褸的女子，心裡泛起一個佇佇少女、揮劍如龍的倩影，不禁黯然。

原來這詭異的女子竟是當年白羽雙劍中的馮碧，這當然誰也不會想到，司馬之雖然來此，也有一半是為著找她，但此時驟然相逢，他幾乎也有些不相信自己的眼睛了。

昔年白羽雙劍叱吒江湖，雙劍至處，所向披靡，他們原本是師兄妹，自幼可稱是青梅竹馬，感情自是甚篤，這樣一對玉璧天成的英雄兒女，當然會遭人之嫉，結果竟中人之算而勞燕分飛了。

以他二人的身分地位以及那一身震驚武林的功夫，還曾上了別人的當，那人自然也非易與之輩。他倆人一別數十年，直到今日才重逢，昔日的誤會以及怨憤，經過這二十多年悠長歲月，雖已平復，但逝去的歲月所帶給他們的創傷，卻再也無法追回了。

此刻他們心中思潮如湧，情感上的起伏，更尤在白非及石慧之上，司馬小霞及羅剎仙女怔怔的看著自己的父親，心裡也猜中了七八分，只有石慧心中猜疑暗忖：「難道她和這老頭子有什麼情感上的紛爭，看起來，他可以做她的爸爸了。」

她哪裡知道司馬之這些年來憂心如焚，鬚髮皆白，五十多歲的人，看起來已有六七十歲的老態，而馮碧卻在這些年裡另有奇遇，容貌看起來仍是二十多年前她和司馬之在一起時的老樣子哩。

司馬之跨前一步，黯然問道：「你好嗎？」心中萬千思念，竟在這一句話裡表露無遺。

馮碧眼中轉動著晶瑩的淚光，她此時含淚垂首，楚楚可憐，哪裡還有石慧見到她那種類似瘋子的神態？司馬之再跨前一步，長歎道：「歲月催人，我已經老了，你——看起來還是老樣子。」

馮碧一抬頭，張口正想說話，卻忽然一咬銀牙，身形一動，竟掠起了數丈，從兩旁店舖的屋頂上逸去了。

她身法之快，簡直非言語所能形容，石慧是見識過她的武功的，所以不覺怎麼，可是別人卻大大的吃驚了，就連一向極為自負的羅剎仙女，此刻亦是心中劇跳，驚異世上竟有輕功如此高的人物，方才她眼光始終追隨著馮碧，但馮碧施展出身法時，她那麼靈敏的目光竟像還沒有她的身法快。

石慧回過頭，緊盯著司馬之，以為他一定也會追過去，哪知司馬之卻長歎一聲，垂著頭站在地上，黯然道：「這又何必，難道這麼多年你還沒有想清楚嗎？」聲音彷彿夢囈著的呻吟，因為他並沒有講給別人聽的意思，只是自己低語而已。

路上的行人除了幾個始終站在那裡注意著這件事的人之外，竟都沒有看到馮碧飛身而去，這因為她的身法實在太快了，快得出乎人們的思議之外，就連始終迷於甜蜜中的白非，雖然他就站在對面，卻都沒有發現。

司馬之仍站在路中，路上行走的俱是些武林豪客，都用驚異的目光望著他，有人還在暗罵：「這廝好生不識相，站在路中擋人的路。」但看了這一堆男女個個英氣不凡，知道必有來頭，為著這一點小事，誰也沒有張口罵出來。

司馬小霞和羅剎仙女臉上亦是傷神之色，走過來輕輕扶著這老人的臂膀，她們也知道司馬之昔日的恩怨，在這種時候誰也不願意出聲來驚動這滿懷傷心之情的老人，無言的站在他旁邊。

白非迷迷糊糊自夢中醒來，看到這種情形，方自驚疑，回頭詢問的望著石慧，想問問這究竟是怎麼回事，目光轉動間，神色不禁一變。

原來那邊緩緩走來十餘人，他第一眼就看到其中竟有謝鏗，心中叫苦：「怎的我不願意碰到的人，卻偏偏讓我碰到。」

心裡雖然這麼想，眼光卻仍然沒有放開那一堆人，眼光再一動，又看見一件奇事。

原來謝鏗身後竟有六人並排走來，這小鎮的道路本極窄，這六人並排一走，幾乎佔據了整個路面，而且這六人身材都極高，穿在身上的衣服被滿街燈一照，閃閃發出紫光。

按理說在這條群雄畢集的街道上，有人這麼走路法，不立刻引起一場爭戰才怪，但更奇怪的是街上挺胸突肚、昂首而走的那些直眉橫眼的漢子，見了這六人非但沒有怒意，有的竟還躬身招呼，就是沒有招呼的，也是遠遠避開，讓路給這六人走過去。

白非心中一動，暗忖：「這六人怕就是天中六劍？」

思忖間，那六人及謝鏗已走了過來，白非看到那六人目中無人的樣子，心中氣往上沖，暗忖道：「你們是什麼東西。」抬頭又望見謝鏗，竟帶著一臉笑容望著他，他只得也不好意思的一笑。

他對謝鏗心中有愧，哪知人家卻像並不在意的樣子，他反而更難過，這種吃軟不吃硬的脾氣，正是武林豪士們的通病。

天中六劍以武林中一流好手的身分來到這小鎮上，自以為憑著自家的武功地位，在這麼雞毛蒜皮大的一個小鎮上，怕不是穩坐第一把交椅。

這六人都是心高氣傲的角色，凌月劍客雖然比較奸狡些，但卻比別人更驕傲，他只不過將這份驕傲隱藏在心裡而已。

他們並排而行，見到人們都對他們特別恭敬，心中不禁更是飄飄然，他們可不管人家這份恭敬是出於內心抑或是出於懼怕的。

當他們看到有人擋在路中，見了他們竟像是沒有看見一樣，心中不禁大怒，凌塵劍客沉聲道：「這批小子沒長眼睛吧。」言下大有凡是長了眼睛的見了他們都該遠遠躲開似的。

謝鏗當然聽到了，朝身旁的丁善程使了個眼色，他看到白非，連白非這麼狂的人物站在那路正中的老者身側，竟也顯得很乖的樣子，這老者的身分可想而知，這番天中六劍又出言不遜，恐怕要碰個硬釘了，他對天中六劍本無好感，肚子裡暗暗抱著看熱鬧的心理，他朝丁善程使的眼色也就是這種意思。

丁善程可不知道他的用意，方自一怔，天中六劍已冷冷一排停在司馬之的身前，冷然望著這擋路的一堆人。

凌塵劍客脾氣最暴，首先沉不住氣，傲然叱道：「你們擋什麼路，難道沒長著眼睛嗎？」

司馬小霞和羅剎仙女同時抬頭，兩雙明如秋水的妙目同時向他們一瞪，凌塵劍客嘻嘻一笑，道：「我原道擋路的是狗，原來卻是幾隻小兔子。」笑聲裡很明顯的帶出了猥褻的意味。

凌塵傷目

司馬小霞氣得面目立刻變色，羅剎仙女卻嘻嘻一笑道：「兔子是什麼意思呀？」她走南到北，闖蕩江湖已有些年了，當然知道兔子兩字的意思，也瞭解他話中的意味。

凌月劍客橫目一望，看見這人雖然笑嘻嘻的一臉兔子相，但雙目中神光滿足，必定有著深厚的內功，方自要勸阻凌塵。

哪知凌塵劍客又冷笑道：「你們當兔子的難道還不知道兔子的意思嗎？」他不知大禍已臨，信口開河，以致天中六劍十年來所換得的聲名竟斷送在西北邊陲的一個小鎮上。

羅剎仙女哦了一聲，笑道：「是這麼樣的嗎？」

白非眼見到她的手段，心裡知道那小子一定要倒楣，石慧卻忖道：「這人講話比我還像女孩子。」原來她竟未看出人家是女扮男裝。

凌月劍客看到路上已圍著看熱鬧的人，也覺得他六弟的話講得太不雅，他們處處都擺著名家的架子，此刻這麼多人圍著看，何況這些人又都是武林人物，是以他雖然已看出對方不是好相，但卻也不願在這種地方失去了面子。

於是他故意咳嗽一聲，沉聲道：「路上本是人家行路的地方，你們豈可站在這裡發愣，快快讓路給我們走過去。」他自以為自家的話已講得十分客氣，哪知人家卻不賣賬哩。

司馬小霞氣得臉通紅的說：「旁邊那麼多路，你們不會走嗎？」

凌塵劍客卻冷哼道：「大爺們喜歡這麼走法，怎的？」

羅剎仙女又哦了一聲，笑道：「是這個樣子的嗎？」

凌塵劍客在天中六劍中品性尤劣，而且他自幼出家，竟染上了斷袖之癖，兩隻不懷好意的眼睛瞇著，在羅剎仙女臉上打轉，笑道：「小孩子，我勸你乖一點，把你的老頭子架走，不然的話，大爺就要對你們不客氣了。」

司馬小霞大怒叱道：「你——」話還沒有出口，就被羅剎仙女一把拉住。

羅剎仙女仍然笑嘻嘻的說：「你們就是江湖上鼎鼎大名的天中六劍吧？」

凌塵劍客得意的笑道：「你也知道我是誰？」

「當然知道了。」羅剎仙女目中的殺機已隱隱從她的笑意後面流露出來，道：「可是你們知不知道我是什麼人呀？」

凌塵劍客有點好笑的一點頭，暗忖：「這小崽蛋子也來道什麼字號。」

謝鏗遠遠站在旁邊看熱鬧，回顧丁善程道：「你看這人怎樣？」

丁善程搖頭道：「我也看不出他的來路。」

郭樹倫道：「這小子嫩皮嫩骨的，我一把怕不把他抓碎。」

羅剎仙女恁是微微含笑，道：「那麼——」她手微微抬起一點，接著道：「我就告訴你吧。」

語聲一落，凌塵劍客已是一聲慘呼，雙手掩著眼睛，痛得蹲在地上了，天中六劍本來站著整整齊齊的一字排開，此刻也顧不得什麼名家風度了，一擁而前，圍住了凌塵劍客。

金剛手伍倫夫面色一變，悄悄退後了一步，大聲道：「這是斷魂砂。」他見多識廣，白非雖然見羅剎仙女用過，卻不識得此物，他卻一眼就看了出來，這就是江湖閱歷的問題了。

「斷魂砂」三字一出，聽到的人莫不面目變色，火靈官蔡新也是使暗器的大行家，見了這種無形無影的暗器，更是吃驚。

謝鏗又回顧丁善程一眼，暗忖：「果然他倒了楣吧。」

他義薄雲天，如果不是對天中六劍極為不滿，怎會有這種幸災樂禍的想法？丁善程搖頭道：「這人也未免太狠了些。」

這一聲慘呼，將沉入迷惘中的司馬之驚醒了。

按理說，剛才在旁邊發生這麼多事故，他怎會直到現在才驚醒？但人的情感卻每每如此奇妙，司馬之和愛侶分離了二十多年，一朝得見時伊人卻絕裾而去，他心中的沉痛，又豈是外人能體會得到的。

突然劍光大作，司馬之眼一瞬，天中六劍除了仍蹲在地上呻吟的凌塵劍客之外，全拔劍而起，十餘年來，天中六劍橫行江湖，從來沒有受過什麼挫折，此刻見凌塵劍客已然傷在那裡，哪還有忍耐之意。

他們心神激蕩，恨不得將這羅剎仙女千百萬刀分屍才好，卻沒有去考慮對方是什麼人，也沒有考慮到人家用的是什麼暗器，竟能在無影無形中傷了在江湖上武功也算一流人物的凌塵劍客。

凌天劍客雙目皆赤，厲叱道：「你好毒的手段。」劍如匹練，帶起一道光芒，驚天動地般向羅剎仙女削來。

天中六劍能在江湖上享有盛名，當然不是無能之輩，凌天劍客這一劍風聲颼然，顯見得劍式中滿蘊著真力。

羅剎仙女冷冷一哼，身形動也未動，那劍光堪堪已到了她頭頂之上，凌星、凌雲雙劍如交剪之電光，倏然斜向羅剎仙女腰的兩側。

這麼快的劍光從三面向羅剎仙女襲至，無論她朝哪個方向去躲，哪裡就有劍在等著她。

旁觀的人也大半都是練家，此刻大家心中都轉過一個念頭：「天中六劍果然名不虛傳。」卻在暗暗替羅剎仙女擔心。

羅剎仙女冷笑一聲，身形竟從交錯而來的劍光空隙之中穿了出去，眾人只覺眼前一花，那被他們擔心著的人已遠遠站在旁邊。

這種情況寫來當然很長，然而當時眾人眼中卻是快如電光一閃，除了有幾人之外，大半人連怎麼回事都沒有看清。

凌天、凌雲、凌星三劍落空，心頭亦微驚，但急怒之下，同時一聲厲叱，三道劍光同時暴長，就像一面光牆，向羅剎仙女面前推出。

這一道劍光所及，範圍極大，連站在旁邊的司馬之、司馬小霞以及白非、石慧，都在這劍光波及以內，那就是說假如不躲避或招架的話，那麼他們也要傷在這劍光之下。

司馬之微微一笑，身形未見有任何動作，人已退開五尺，司馬小霞生氣的一跺腳，也退開了，因為她知道羅剎仙女的脾氣。

白非和石慧卻大怒，身形不退反進，朝那光牆上追了過去，生像是願意將自己的身體去試試這天中六劍的劍光究竟是否銳利一樣。

這時眾人又微微發出驚呼，但卻不敢叫得聲音太大，這種武林高手的比試，已令那些江湖上的普通武師們歎為觀止了。

這樣一來，羅剎仙女反而站在最後面了，司馬小霞暗忖：「姐姐一定要不高興了。」原來羅剎仙女動手的時候，最恨別人插手，是以連司馬之也袖手而觀，當然他還有些不屑動手的意思。

哪知羅刹仙女卻微微含笑，絲毫沒有生氣的樣子，天中劍客劍光如虹，何等快速，石慧、白非的身形亦快如閃電，眾人眼睛一瞬間，雙方已經接觸到了，猛聽一聲彈劍之音輕脆而帶著餘音，有些像是兩劍相擊時所發出的聲音，接著幾聲輕叱，人影一分又合，劍光與人影竟結成一片了。

眾人中武功較高的，如金剛手伍倫夫、六合劍丁善程、蔡新、遊俠謝鏗等人的眼光，已在這一瞬間看清了他們的動作。

原來在石慧和白非接觸到劍光的那一剎那，白非手指一彈，竟以指上的功力彈退了那滿含內力、直如驚雷的一劍，兩指微駢，也乘著這劍光微微露出一絲空隙的時候，疾點凌星劍客肘間的「曲池」穴。

石慧身形一飄，卻從這劍光結成的光牆上飄了過去，身形尚未落地，在空中又一轉折，雙腿巧踢連環，踢向凌天、凌雲的肩胛。

天中劍客大驚，倏然撤劍自保，刷刷一連幾劍，在自己的身側已結成一片光網，以求自保，這點就是天中劍客動手老辣的地方，在沒有看清敵人手法之前，自保為先。

天中劍折

凌月、凌風本站在受了傷的凌塵兩側，此刻一望場中情形，不禁都凜然有了些寒意，暗忖：「江湖上哪裡出來了這麼多武林後起，武功竟如此驚人。」他們卻不知道這些人正是武林中的精粹，今日他們碰到了，只是倒楣而已。

白非、石慧動手數招，竟未能搶入他們的劍光中去，眾人只覺眼花繚亂，哪裡看得出他們的人影，遊俠謝鏗歎道：「天中六劍這麼一副好身手，卻可惜——」他惋然止住了話，心中雖然對天中六劍甚為不滿，卻又不禁起了憐才之心。

郭樹倫看得目瞪口呆，他身軀彪壯，雖是神力，但武功卻不高明，此番他見了這種比鬥，大為心折，發誓自己也要苦練武功，但練不練得成，這當然又是另外的問題了。

就連一向自負的六合劍丁善程也不免點頭暗忖：「武當劍法，果然有其獨到之處。」一雙眼睛，更離不開動手之處。

白非連攻數招，但天中劍客的劍法果然嚴密，竟再也沒有什麼空隙，這因為他們不求攻敵、但求自保的緣故，司馬之微微含笑向司馬小霞低語道：「你以後在江湖中闖蕩，動手時就學學人家的樣子，不要去學你的姐姐。」

羅剎仙女聽見了，在旁邊不服氣的一撇嘴，暗忖：「這是他們打不過人家時才這樣，要是打得過呀，怎麼會這樣打法呢？」

驀然，一聲龍吟——

白非的身軀突然像遊龍般的升起，竟不像別人縱身的那麼快速，而幾乎是冉冉而起，識貨的人又是一聲驚呼：「天龍七式！」

這一下連凌月劍客也不禁變色，他萬萬料想不到在這裡竟會遇見天龍門下的人，向凌風低語道：「我們先得準備出手了。」

白非這一施展出武林獨步的天龍七式來，威力果然不同凡響，因為任何一派的劍術、拳法頭頂之上總是空隙較多，這是無可避免的，凌天、凌星、凌雲也一齊大驚，這天龍七式厲害的地方就在他不但能在空中轉折身形，甚至可以連接數招都在空中發出，占著極端優越的地位。

這麼一來，天中劍客的頭頂上不禁直冒冷汗，因為他們隨時有吃上一記的危險，白非嘯吟不絕，雙腿一蜷，凌空下擊，掌如泰山壓頂，凌星劍客大驚，旋劍而舞，白非卻突然雙腿一踢，時間拿捏得那麼準確而美妙，著著實實地踢在凌星拿劍的手上。

凌星的劍如何能把持得住？竟撒手飛去了，六合劍身形一動，將那把劍抄在手上，拿著劍又回到路旁，卻和遊俠謝鏗把玩了起來。

白非一招得手，凌天劍客的劍已如電光般襲到，他竟借著方才一踢之力身形上移，恰好避開這一招，偷眼一瞥，凌星已倒在地上。

原來石慧就在凌星劍客長劍撒手、微一疏神的當兒，玉指纖纖，快如疾風般點在他左胸的「乳泉穴」上，左腿一勾，嬌叱：「躺下。」凌星劍客果然應聲而倒，百忙中她雙掌反揮，「昭君別塞」，颼然兩掌，分別襲向凌天、凌雲。

她目送飛鴻，手揮五弦，身形曼妙已極，司馬之連連點頭微笑，彷彿甚為讚許，六合劍丁善程低語謝鏗道：「這女子的來歷，謝兄可知道嗎？」意思之間，頗有窈窕淑女、君子好逑之意。

謝鏗暗笑道：「這朵玫瑰花雖好，刺卻多得很呢！」口中卻道：「這女子的來歷說來話長，還是以後慢慢告訴你吧。」

凌星身形一倒，倏然又是兩道長虹經天而至，原來凌月、凌風雙劍齊出，天中六劍連連受創，竟然準備全力一拚了。

這一番大戰，幾乎是近十年來武林中僅有的一次，旁觀的人除了大歎眼福不淺之外，看到天中六劍的狼狽情形，不禁暗暗稱快，天中六劍在武林聲名之狼藉由此可知。

雲龍白非這一次大顯身手，竟為他自己創立了更大的名聲，只是他自己卻絕對不是為了闖萬兒而動手的。

凌月、凌風兩人劍光倏然而至，也是朝白非身上招呼，白非真氣一沉，瀟灑的身軀猛然下降，在兩劍之中穿了下來，雙手一分，野馬分鬃，颼然兩掌，朝左側的凌月、右側的凌天襲去。

他連施妙招，竟將天中劍客四人分成了兩邊，實力自然大為減弱，但凌月劍客在天中六劍中是第一把好手，劍法竟更有精妙之處，石慧嬌笑道：「白哥哥，再來一下嘛。」

這一聲白哥哥叫得白非心神一蕩，爭強之心更是大作，這初出江湖的一男一女兩個少年英豪，竟將武林中夙負盛譽的天中六劍打得極慘，以四對二，依然占不了半點上風。

了。

羅剎仙女見了，不禁手癢得很，方才人家出了風頭，自己當然也不免心動於是她緩緩走到司馬小霞身側，朝小霞做了個眼色，小霞朝她爹爹望了一眼，見司馬之也在全神凝注著比鬥。

於是她也瞥了開去，羅剎仙女一把將她拉了過去，悄語道：「喂，你的手癢不癢？」

司馬小霞眼睛眨了眨，朝她做了個鬼臉，意思當然是也想上去試一試，羅剎仙女道：「那麼我們上去把他們兩個替下來吧。」

身軀隨著語聲之落倏然而動，司馬小霞也一晃身跟了過去，嬌喝道：「喂，你們兩個打累了，讓我們上去吧！」

但這種內家高手的比鬥豈同兒戲，又豈是隨便可以換人的，因為這不同於普通武家的比試功力，而是實實在在的在拚著命。

是以白非和石慧聽到了他們的話，卻仍然在動著手，這其中當然還是他們自己本身也不願下來，羅剎仙女及司馬小霞此刻已站在他們動手的劍圈的邊緣，但人家沒有下來，她們也不好意思加上去動手，因為人家已在占著上風，根本不需要自己幫忙。

凌天劍客在天中六劍中最長，性情也最傲，長劍一圈，一道劍芒竟掃向羅剎仙女及司馬小霞兩人，口中喝道：「你們也一起來吧！」劍尖一抖，震起三朵劍花分襲她兩人。

司馬小霞一撇嘴，身形微偏，刷的也穿入戰圈中去，凌天劍客一方劍落，在那力道已竭，而第二個力道尚未生出的那一剎那，羅剎仙女五指如剪，「刷」的剪下，竟將凌天劍客的劍尖夾在手裡。

這一下可更把旁觀著的武林群豪震住了，凌天劍客更大吃一驚，手腕猛挫，猛一較勁，喀嚓一響，那柄百煉精鋼打就的長劍竟一折為二，旁觀群豪又譁然發出一聲驚呼。

女扮男裝，羅剎仙女，長衫飄飄，看起來是那麼文弱而瀟灑，但是她這一出手，武功之曼妙，竟是深不可測，六合劍丁善程又悚然動容，他自命為武林後起之秀中的第一好手，但是現在見了人家這幾人的武功，自己心中卻有些發虛了。

到了這地步，天中六劍可說已一敗塗地，場中的勝負，任何一個人都可以分辨出來了，雲龍白非又傲然一聲長嘯，身形再次騰空而起，天中劍客又是一驚，哪知白非在空中宛如神龍般的盤旋一次之後，卻翩然落在司馬之的身側，大有勝負既明、自家已不必動手也不屑於動手之意。

天中劍客羞憤交集，自出江湖以來，這是他們頭一次受到的挫折，而這挫折又是這麼慘。

當著這幾乎已是中原全部武林豪士，這個臉叫一向驕狂自負的天中六劍怎麼丟得起？

凌天劍客一揮斷劍，運劍如龍，竟在這柄斷劍上施展出點穴钁的招式，疾風一縷，襲向司馬小霞腰中的笑腰穴。

劍氣迷漫，天中劍客以手中四把劍竟鬥不過這三個少女，凌天劍客形如瘋虎，大喝道：「好朋友，大爺跟你們拚命了！」

驀然，一個極尖極細的聲音說道：「這裡怕不是你們拚命的地方哩。」聲音雖然輕細，但每個人卻聽得極為清楚，生像那人就是在你耳畔說話似的。

人中之龍

司馬之驀然一驚，暗忖：「這人好深的內功。」遊目四顧，四周黑壓壓的都站滿了人，怎麼能看得出這話是誰說出來的。

閱歷較淺、武功較弱的倒還罷了，武林中身分地位較高的人，可全都被這聲音震動了，因為這種說話的聲音若非內功已入化境是絕對無法說出來的，但大家自忖，誰也沒有這份功力。

天中劍客怒極，像是根本沒有聽到的一樣，劍光如柳絮之舞，仍密如驟雨般攻向石慧等三人。

突然，又是一陣冷笑之聲，石慧人最聰明，知道自己若仍不停手，恐怕也要吃虧，嬌喝道：「人家的話你們聽見沒有，怎麼還不住手！」明著雖是對天中六劍說話，其實卻是說給那人聽的。

天中六劍哪曾受過這樣的氣，凌天劍客大罵道：「住個屁手！」鳳凰點首，鳳翅如雲，又是極為凌厲的兩招。

他這一驚，再加上這兩招，人叢中又是一陣長笑，笑聲中一條人影經天而落，身法之快，這麼多人中除了司馬之之外，竟沒有一人看清他是從何而來的，雖然這也是因為大家的目光都已被那一場比鬥吸引住的緣故，但那人身形之快，雖不能說舉世無雙，至少在目前武林中已罕有其匹了。

那人影落地之後，是一連串驚呼，然後方才漫天而舞的劍光，全倏然而住，大家定睛一看，一人長衫朱履，站在當中，手中一把東西閃閃發光，卻原來是天中劍客的四把長劍——當然，這其中有一柄是斷了的。

天中劍客吃驚的望著這人，連他們自己都不知道自己兵刃是怎麼脫手的，羅剎仙女以及司馬小霞、石慧，也都愕然望著此人。

滿擠著人的一條街上，此時竟沒有一絲聲音，全都帶著一臉驚異錯愕的神色，望著這彷彿從天而降的瀟灑奇人。

就連司馬之也不禁色變，仔細一打量那人，見他朱履長衫，面白如玉，眼中光采如星，竟也是個弱冠少年。

他不禁更是驚異，方才他看了白非的身手，已覺少年英俊中有此人物已是非常難得的了，此時一見面前之少年文士的身手，竟然更遠勝白非，他不禁暗歎：「真是英雄出在少年了。」

那少年文士冷然橫掃了天中六劍一眼，道：「你們憑著這一點兒本事，就敢隨便當街撒野嗎？」天中六劍何等驕狂的人物，但此刻被人家那種驚人的身手所懾，半句狂語也說不出來。

那少年文士手一抖，拿在他手中的四把長劍竟一齊中折為二，生像是有人用一柄削鐵如泥的寶劍削斷的。

這一手武功真是驚世駭俗，司馬之怎麼想也想不透，以此人的年紀，是絕不可能練成這樣的武功的。他側目望了白非一眼，見他也睜大了眼睛望著那人，其實所有的人又有誰不是睜大了眼睛望著那人呢？又有誰心裡不在想著和司馬之同樣的問題呢？

那少年文士冷笑道：「武林之中，從此沒有天中六劍這塊字號，你們快滾吧，我也不必告訴你們我的姓名，因為你們再練一輩子武，也別想來找我報仇。」語氣雖然狂傲，但卻沒有一人不是口服心服，因為人家的確是如此呀。

到了這種地步，天中六劍還有什麼話說，走過去攙著已經受傷的凌塵，抬起凌星，悄然自人叢中走了出去，和來的時候那種驕狂不可一世的樣子，簡直成了兩個極端。

那少年文士燦然一笑，臉上的那種冷冰冰的寒意，被他這一笑卻笑得無影無蹤了，司馬之暗忖：「這人不但武功深不可測，做人也極為厲害，若不走上正途，倒真是武林中的大害哩。」他老於世故，彷彿在這少年身上，看到千蛇劍客的影子。

那少年文士朝四周微一抱拳，朗聲道：「家師這次請諸位來，卻未能盡到地主之誼，心裡也慚愧得很，因此特命小可來向諸位致歉。」

他說到這裡微一停頓，人群中起了一陣輕微的騷動：「原來他就是千蛇劍客的徒弟。」

司馬之卻一驚：「徒弟如此，師傅可知，那千蛇劍客這數十年來竟練成了如此武功。」

那少年文士用眼睛朝人叢打量一下，每個人都覺得他目光如電，彷彿是專門在看著自己一人似的，不禁垂下頭，避開他那其銳如刀的目光。

「十天之後，家師在十里外的靈蛇堡恭候各位的大駕。」他又展顏一笑，道：「那時候家師當略備水酒，親自向各位謝罪。」

人叢中又是一陣騷動，有人似是在說著不敢當之類的話。

那少年文士一轉頭，目光搜索似的移動著，然後停留在司馬之臉上。

於是他施然走了過來，朝司馬之當頭一揖，頗為恭謹的說道：「老前輩想必就是家師提到的司馬大俠吧——」他詢問的停住了話。

司馬之微微含笑點頭，這時許多人的目光又集中在他身上，他們雖然沒有聽到那少年文士的話，但從那種恭謹的態度上，已可測知這老者必非常人，否則這千蛇劍客的高足怎會對他如此恭謹呢！

「晚輩岳入雲，此次奉家師之命前來，就是特別為了向老前輩問好的。」他極為從容地說著：「家師此次不能親自來迎接老前輩，心中老是過意不去，也時常對晚輩說及——」

司馬之一聲長笑打斷了他的話，朗聲道：「回去對令師說，他能記得我這二十年前的故人，我已經很高興了。」岳入雲連連稱是，司馬之點首微笑道：「岳世兄少年英發，前途必定不可限量，但望你好自為之了。」雖只寥寥數語，但語重心長，其中的涵意，別人縱不懂，但岳入雲卻體會得到的。

岳入雲二十餘歲，若非天資絕頂，就算得遇明師，也絕不可能練成這一身驚世駭俗的武功，他眼角都不同別人瞟一下，端然道：「老前輩的教訓，晚輩一定牢記在心。」

司馬之又連連頷首微笑，年華已去的老年人，見到這種年輕好手，焉有不喜歡的道理？

岳入雲又長揖到地，說道：「老前輩如果沒有什麼別的吩咐，晚輩就告辭了。」他轉過身，走到白非身前，抱拳道：「這位兄台好俊的身手，日後一定要多親近親近。」

「小弟白非。」雲龍白非趕緊也抱拳道：「兄台若誇獎小弟的身手，那小弟真是要汗顏無地了。」他們惺惺相惜，並肩一立，宛如一對臨風之玉樹，瀟灑英俊，不可方物。

岳入雲微微一笑，朝羅剎仙女及司馬小霞掃了一眼，似乎亦曾在意又似乎是早已知道她們本是女子，因此不屑於和她們說話的樣子。

羅剎仙女鼻孔裡暗哼了一聲，暗忖：「你有什麼了不起！」其實在她心底的深處，還是認為人家是真的有些了不起的。

雲龍白非目送著那少年穿出人叢翩然而去，心中悵然若失。

那並不是他在悲傷著岳入雲的離去，而是在悲傷著自己將自傲的一身武功和人家一比可就差得很遠了。

但是石慧悄然走了過來，站在他旁邊，他心中驀然又充實了起來，人們在自己失意的時候，有這種情感上的滋潤，是最美妙的事了。

武林群豪們也逐漸散去，只是他們此時對司馬之等人的看法已大為改觀，有的已經知道司馬之身分的，紛紛低語傳告，謝鏗聽到了，驀然一驚：「原來白羽雙劍也到了。」

遊俠謝鏗在江湖中極得人望，不少認得他的人也紛紛走過來和他握手寒暄，雲龍白非見了，暗忖：「這謝鏗武功不高，卻有著如許高的聲譽，看來武林中的地位，也並不是光憑武功就可以得到的。」他一念至此，後來做人的方法果然大為改進。

這時天色更晚，經過這一番刺激，大家的肚子好像更餓了，於是飯舖中的生意更好，遊俠謝鏗嘴裡在說著話，心中對天中六劍竟微微有些抱歉之意，因為他和他們同道而來，但人家出了事，自己不但袖手旁觀，還暗中有看熱鬧之意，他暗忖：「這是我生平第一次有這種心情，也是最後一次了。」

千條萬緒

司馬之心中此刻也是感慨萬千，岳入雲的身手令他吃驚，他吃驚的只是不知道千蛇劍客此時的武功現在已到了何種地步了。

他心中最大的困擾當然還是馮碧，他不斷的在思索著：「她這些年來到底在做一些什麼事？到哪裡去了？為什麼這麼多年來她容顏未改？又為什麼她會頭髮蓬亂、衣衫如絮？以前她是個很愛修飾的人呀。」

這些問題有如千頭萬緒，他怎麼理也理不開，司馬小霞走了過來，悄然問道：「爹爹，你老人家在想什麼呀？」

司馬之頭一抬，看見石慧正和白非在說著話，他心中一動：「這少女不是和她一路來的嗎？也許知道她的事情呢。」

於是他緩緩走了過去，雖然他心中焦急得很。

店舖裡的燈光仍亮著，照耀得這條街道通明，這麼晚了，還有這種熱鬧的景象，這的確是這小鎮有史以來的第一次。

白非拉著石慧走到司馬之面前，他們這種親昵的樣子立刻又引起許多人的注目，因為那時禮教甚嚴，男女之防甚重，只見他們兩人此刻熱情如火，別人的想法，根本沒有放在心上。

司馬小霞在她爹爹旁邊，看到這情形，心裡有說不出來的不好受，這種不好受感覺的由來，她以為只有她一人知道，其實羅剎仙女看了肚中暗笑：「這小娘子吃起乾醋來了。」

司馬之此番仔細的打量了石慧兩眼，見她秀外慧中，麗質天生，一笑起來兩頰露出兩個深深的酒窩，和瀟灑飄逸的白非站在一起，真是珠聯璧合的一對玉人，不禁長歎了一口氣。

按理說，司馬之此刻怎有歎氣的理由，但是他心中卻另有苦衷，原來他此番攜帶兩個嬌女來到這荒涼之地，除了看看昔日的老友千蛇劍客到底有什麼舉動和尋找分離數十年的妻子之外，還有一個心願就是為司馬小霞找個婆家。

因為他知道此時的西北必定是群雄大聚，因為武林中人誰不想來此一顯身手，這種心理他少年時也未嘗沒有，因此他就希望能在這些人裡替司馬小霞物色一個對象，因為他自己年華已去，壯志也消磨殆盡，總不能時時刻刻守在這嬌女身旁呀。

當他第一眼看到白非時，這出身武林世家的英俊少年立刻就被他看中，此刻他見了白非和石慧的親昵情形，當然會感於其中了。

石慧帶著一臉憨笑望著他，這嬌憨而幸福的少女怎會瞭解他的心境？他微微苦笑一下，問道：「姑娘從何處來？」

他當然不是在探聽她的來處，而是希望能知道和她同來的馮碧是從哪裡來的，石慧聽了卻一愣，不知道這名震武林的老人為何會突然問她這句話，但她依然答道：「晚輩從川中來的。」

司馬之哦了一聲，這許多年來的磨練，已使他能將心中的情感深深的隱藏在臉的後面。

他沉聲道：「和姑娘來的那位女子也是從川中來的嗎？」

石慧明亮的眼睛一瞬，恍然瞭解了人家問她這句話的用意，暗忖：「原來他在問她的來路。」方才司馬之和馮碧面面相對時那種情形，她看得清清楚楚，知道他兩人之間必定有著什麼關連，只是她再也料想不到，那年輕的女子會是這老人的妻子，也就是昔年名震天下的白羽雙劍中的一人。

石慧望了白非一眼，很快的答道：「那位姑娘只是晚輩今天早上才遇到的，老前輩不知道，那位姑娘的武功才驚人哩——」她頓了頓，又道：「據晚輩看來，恐怕並不在剛才那個年輕的書生之下——」她莞然一笑，又道：「只是那位姑娘脾氣有點怪，喜歡吃——喜歡吃狗肉。」說著，她又咯咯嬌笑不止。

她不知道馮碧的年齡，一口一句姑娘，司馬之有些好笑，但是這份笑意卻比不上他心中難受的感覺的萬一。

他知道自己冀求能知道馮碧的來處的希望已落了空，微喟了一下，忽然答道：「我們本是要出來吃飯的，可是你看，到現在飯還沒有吃哩。」

石慧當然跟著白非一起走，這一行五人，瞬即發覺無論走到哪裡，自己都是最受注意的人物，等到他們回到客棧時，更發覺了一件奇事。

石慧今晚無宿處，性情有如男兒般豪爽的羅剎仙女立刻拉她和自己一起住，她這句話出口，石慧臉上一紅，還隱隱有怒意。

白非看了一笑，悄悄對她說：「她也是女子哩，不過女扮男裝罷了。」石慧仔細的打量了羅剎仙女和司馬小霞後，不禁噗哧一笑，也看出來了，這番卻輪到她們兩人臉紅了。

他們走到客棧時，時辰真正是晚了，大部分的店鋪都關了門，當然也熄了燈，街上已遠不如方才的明亮。

但是他們卻看到客棧門口一排站著八個人，手上提著極亮的大燈籠，見了他們，立刻遠遠迎了上來，燈籠火光照得遠處都發亮，那提著燈籠八人，穿著青色長衫，斯文得很，但步履之間卻令人一望而知他們身上都懷著頗深的武功。

這會兒，司馬之等人覺得有些詫異，那八人走到近前，先頭兩人朝司馬之躬身道：「前輩想必就是司馬之大俠吧？」說話態度極為恭謹。

司馬之點首道：「正是。」

那人又道：「晚輩奉教主之命，特地來此恭迎大駕——」

司馬之打斷了他的話，道：「到哪裡去？」

那人一笑道：「這種客棧，怎是老前輩的久居之處，現下離會期還有十天，教主因此特地為老前輩準備了一個住處。」

司馬之哦了一聲，心裡在考慮這千蛇劍客的用意，但是以他的地位卻又怎能不去，於是他慨然道：「如此麻煩兄台了。」

白非微一沉吟，方待開口，那人又道：「這位想必就是天龍門的少掌門雲龍白少俠吧？教主對閣下也傾慕得很，因此告訴晚輩說，無論如何請白大俠也一起去。」白非心裡一愣，這名重天下的武林奇人千蛇劍客也對他如此看重，他心裡當然受用得很，羅剎仙女卻冷哼一聲，原來人家沒提到她，她心裡有些不高興了，因為「羅剎仙女」四字在武林中的地位只有在新出道的雲龍白非之上。

那人竟連看都沒有看她一眼，又說道：「如果各位沒有什麼別的事情的話，現在就請各位跟小可一起去。」

司馬之點首道：「如此更佳。」

他們進去整束了一下包袱，白非因身無長物，原來他素性不羈，最怕帶累贅東西，身上除了銀子之外什麼都不帶，衣服髒了，就在當地買來換上，他出身豪門，自然難免有些公子哥兒的脾氣。

那八人仍靜立門口，這麼長的時間裡，他們八人連動都沒有動一下，若非受過極良好而嚴格的訓練，是絕難做的。

司馬之暗忖：「看來這二十年來，千蛇劍客不但在武功上有了極大的收穫，在這西北一地，亦造成了極大的勢力。」一念至此，不禁長歎一聲，他這些年來非但是一事無成，還把昔年的英風俠骨都消磨盡了，現在和人家一比，心裡的難受可想而知。

他之所以如此，還不是為了情之一字，自古以來，多少英雄豪傑都為了這情字潦倒半生，但人非草木孰能無情，愈是英雄豪傑，他的情也愈是比別人濃厚。

他們穿出小鎮的街道，提著燈籠的八人身形漸快，但提著的燈籠仍平平穩穩的，這種輕功已是江湖上可觀的身手了，但看他們的地位，卻只不過是靈蛇幫中的末流弟子而已，由此可知那靈蛇幫的實力。

白非四顧，這本是荒涼之地，那小鎮似乎是這一片荒野中唯一的點綴，他暗忖：「這幾人究竟要引我們到哪裡去？」因為看起來，這裡絕不像有一個可供眾人歇息之處的樣子。

他心裡有些懷疑，但卻也並不害怕，看了別人一眼，見他們都若無其事的樣子，暗忖：「我還是該謹慎些才是。」

於是他腳步一緊，緊緊迫在那提著燈籠的八人後面，那些人輕功雖佳，但與雲龍白非一比，可還是差得太遠了。

情深如海

燈籠火光中，前面有一個黑龐龐的影，走近一看，原來是個極大土丘，想必是離土崩之處頗遠，是以絲毫沒有受到影響。

那提著燈籠的八人沿著土丘走，剛打了小半個圈子，白非眼前一亮，原來這土丘不是個土丘，而是用土磚築成的，這牆依著圓形而建，但是後面卻缺了一口。

他們就從那缺口中走了進去，裡面竟是一座很精緻的房子，外面那麼大的風，此地卻一點兒也沒有，想必那高牆就是擋風的。

那土牆極厚，幾乎有七八尺，不知是怎麼築成的，在這種大的風裡也不會倒，白非奇怪得很，忽然心念一動，暗忖：「方才外面風那麼大，那幾個人手上的燈籠怎麼既不滅又不動？」心裡更奇怪，忍不住又走下幾步，去看看那燈籠。

他這一看，心中才恍然大悟，原來那燈籠的支架竟是純鋼所製，而在裡面發著亮的東西也不是燭火，而是一顆很大的珍珠。

白非心裡真吃了一驚，這種珍珠能有一顆已是極為難得，而這千蛇劍客卻用來做燈籠，於是他對千蛇劍客不禁起了很多種幻想，說不出多麼急切地想見一見這位奇人，雖然他也大略知道他的隱秘。

他一回頭，看到石慧的眼睛正一閃一閃的望著他，像是對他的行動有些奇怪，這種目光是那麼的關切，白非心裡甜甜的，想走過去細將心裡的事說給她知道，但想了想，還是忍住了。

這房子的大門是關著的，但忽然自開，白非聰明絕頂，知道門裡必定有人暗中窺視，是以他們一來，那門便開了。

司馬之率先走了進去，那房子卻除了一個站在門旁邊的老頭子之外，再沒有一個別人，這點倒是大出乎他們意料之外。

因為照他們的想法，這地方既是千蛇劍客招持他們歇息的地方，照理講是應該有人的。

那提著燈籠的八人也跟著走了進來，先前說話的那人又道：「教主知道老前輩一定喜歡清靜，所以這房子裡除了這又聾又啞的老頭子外，一個人也沒有。」

司馬之哈哈笑道：「他倒想得周到。」

那人忙連連稱是，司馬之又道：「麻煩兄台，回去見了你家教主，說我老頭子多謝他的好意──」

他倏然話聲一頓，目中現出精光，沉聲道：「數十年來，我老頭子承他照顧的地方太多了。」

他說這句話裡，神態間威嚴畢現，那八人連連稱是，話都不敢說，連忙走了。

司馬之長歎了一聲，緩緩走入房子裡去，司馬小霞嘟起嘴來道：「這千蛇劍客真是可恨，把我們弄到這鬼地方來，連人影都沒有一個，叫我們到哪裡去吃飯去？」

她此話一說，別的人都噗哧笑出聲來，羅剎仙女嬌笑道：「你呀！就記得吃。」

司馬小霞臉紅得如紅柿子似的，仍嘴強說道：「你不記得吃，你不要吃飯好了，哼！每個人都要吃飯的呀。」

眾人更是笑不可抑，司馬之憂鬱的面色中也透露出一點笑意道：「這麼大了，還是像小孩子一樣，也不怕人家笑話。」

司馬小霞嘟囔道：「誰敢笑我。」目光一轉，和白非一雙充滿笑意的眼睛碰到一起，粉臉又不禁倏然飛紅了。

這房子裡窗明几淨，收拾得整齊已極，裝飾的東西也都是些極為貴重之物，司馬之搖頭歎道：「這邱獨行的確是個奇人，在這種地方虧他弄得出這種好房子來，普天之下，聰明才智能比得上他的人，的確是太少了，只是——」他長歎了口氣，又道：「只是他空負一生絕學，卻總不肯走上正途。」

司馬小霞和羅剎仙女在這棟房子的幾間屋裡走出走進，這些天來他們在這荒涼的地方吃盡了苦，如今見了這種好地方，自是高興已極，石慧忍不住也跟了去，她自從知道她們也是女子之後與她們就很親近，司馬之卻和白非坐了下來。

驀然一聲歡呼，司馬小霞又笑又叫的跑了進來，手裡拿著一條火腿，高興的叫道：「原來這房子裡還有好多吃的東西呀。」她大眼睛轉來轉去，轉到白非臉上，口中卻向司馬之笑：「爹爹，明天我做幾樣菜給你吃好不好？」

大家旅途勞頓，又打了一場，都有些累了，談笑了一會，各自找了間房睡下，石慧好幾天沒有安安穩穩的睡過，用手摸了摸鋪在床上那又厚又軟的棉被，連衣服都來不及脫就睡著了。

她正在朦朧之間，突然窗子外有人輕輕咳嗽一聲，練武的人睡覺多半清醒，何況她年紀雖小，內功卻有根基，聞言倏然從床上跳了起來，輕叱道：「是誰？」身形微動，想朝窗外撲去。

哪知窗外一人輕輕回答道：「是我！」石慧聽了，心裡起了一陣異樣的感覺，原來那人竟是白非。

她身子好像突然軟了下來，柔聲道：「這麼晚了，你來幹什麼呀？」窗外靜默了半晌，然後低低的說道：「我想找你談談。」

石慧柔腸百轉，不知道該怎麼好，但最後終於說道：「你在外面等等，我馬上就出來。」走回床邊，穿上鞋子，身軀輕盈的一掠，支開窗子，像一隻春天的蝴蝶般自窗口穿了出去。

白非正呆呆的站在窗前，石慧在他面前倏然頓住了身形，兩人目光相對，彼此心中俱一蕩，反而一句話也說不出來了。

良久——

石慧輕輕說道：「這麼晚了，我要回房去了，有什麼話待明天再說吧。」口中雖然如此說，腳下卻絲毫也沒有移動半分。

白非眼睛裡充滿了情意，他也知道他自己眼中的情感對方一定可以看得出來，但是他並不想隱藏自己的情感，於是他輕輕說道：「其實我也沒有什麼話對你說，只不過想看看你罷了。」

石慧的臉羞得紅了起來，她當然知道白非對她的情感，但是這種露骨的話她卻是第一次聽到，她雖然天真無邪，生性也異常奇特，甚至可以殺人而不眨眼，但在這種情形下卻不禁臉紅。

又過了一會，石慧嬌羞地說：「站在這裡，給人看到了多不好意思，我們到——」她話雖然沒有好意思說出來，可是其中的含義，不就是我們到別的沒有人看到的地方去嗎？

白非心中一陣猛跳，不知道自己到底歡喜成什麼樣子，石慧緩緩移動著腳步在前面走，白非忙著跟了過去。

這房子外也有院子，院子邊是低牆，再外面可就是那使白非錯疑為土丘的高牆了。

白非抬頭仰視，天上雖然無星無月，然而在他看來，今夜卻是他有生以來所度過一個最美麗的晚上，石慧何嘗不如此？

「我們到那上面去玩玩好不好？」石慧指著那高牆道，根本沒有等白非回答，身形一起就掠了過去，因為她知道白非一定會跟著來的。

那土牆高約五丈，石慧到了下面一看，不禁停了下來，他們輕功雖然高，但叫他們一掠五丈，卻是絕不可能的。

石慧眼珠轉了轉，她生性極強，心裡想到要做的事，要讓她不做，真比殺了她還難過，白非道：「我們想辦法上去吧。」

原來這麼多天來他也知道了她的個性，石慧回過頭，朝他一笑，身形一縱，竟在這土牆上施展出「壁虎遊牆」的功夫來了。

白非見她上去了，才一提真氣，想以家傳的絕頂輕功在空中藉力竄上去，猛然想起這樣一做，恐怕她又要生氣了，因為那自己不是將她比了下去了嗎？念頭一轉，也用壁虎遊牆的功夫上了去。

石慧拍著衣服上沾著的少許塵土，埋怨的說道：「真奇怪，無論我怎麼練，輕功總是練不大好，像人家那樣，身法快得連眼睛都追不上，真不知道是怎麼練成的？」她不知道，她練的輕功「暗影浮香」卻是武林中最高的，只是昔年無影人丁伶得到的只是殘篇，雖然仗著她的悟性能夠練成了，但總不如原先那麼自然，因為這種內功上的奧秘是經過了無數人的苦研而成的，其中假如有了一點極小的瑕疵，那麼練功的時候，就會遇到極大的阻礙了。

既聾且啞

上面的風很大，兩人都有些寒意，白非想伸過臂膀去摟住她，但是又不敢，石慧想靠在他的身上，也覺得有些不好意思。

白非垂著頭道：「以前你對我那種冷冰冰的樣子，我心裡好難受，後來——後來我又以為你在那土窯裡被黃土——」

「你以為我那麼呆呀！」石慧嬌笑著打斷了他的話，說道：「你以為我死了的時候哭了沒有？」

白非訥訥的答不出話來，因為他雖然難受，卻委實沒有哭過，石慧瞪著眼睛望著他，忽然又一笑道：「站著幹什麼，坐下來好不好？」兩人緊緊地偎在一起，風再大，他們也不在乎了。

這時天地間任何事都不再能闖入他們的腦海中去，彼此心中除了對方之外，也不再有任何人的影子存在。

驀然，一聲輕笑自他們背後發出，白非、石慧大驚，倏然分開，回頭一望，白非看到一個渾身純白的女子站在那裡，衣衫飄然隨風而舞，面上也掛著一塊白巾，除了眼睛外，再也看不到別的。

他家學淵源，武功已得真傳，但這人來到他身後他還不知道，他如何不驚，這人在夜色中望之如仙，又好像鬼魅似的，他方在驚懼之間，哪知石慧已一頭撲進那女子懷裡。

那女子竟也一把摟著石慧，笑罵道：「好呀，我到處找不著你，原來你卻躲到這裡來了。」語聲中充滿了柔情蜜意。

石慧只是笑著，一句話也不說，那女子在布巾後的眼睛轉到白非身上，笑笑道：「喂，你是誰呀？你幾時認得我女兒的？」

白非又是一驚，暗忖道：「原來這就是二十年前令江湖中人聞而色變的無影人。」仔細看了她兩眼，又忖道：「可是誰也不會相信這瘦怯怯的女子竟是武林中的魔頭。」

石慧在她母親懷中嗯了一聲，撒嬌道：「媽問他幹什麼？」

丁伶笑道：「我連問都不許問一下呀？」語氣輕柔，哪裡是一個江湖上以毒著稱的人說話的口吻？

「晚輩白非。」白非不敢不恭敬的回答著，但說到這裡，他卻再也接不下去，丁伶哦了一聲，目光又在他身上轉了幾轉，笑道：「果然是個英俊少年。」白非玉面微紅，垂下頭去。

丁伶又笑了兩聲，突然拉著石慧走到一旁，道：「你過來，我有話問你。」

白非見她兩人輕聲說了半天，她們說話的聲音極小，白非也沒有聽清楚，心中忐忑不定，以為在說著自己。

突然，他彷彿聽到丁伶重重哼了一聲，他心裡也不禁一跳，哪知丁伶身形一動，竟躍了下去，一條白色的人影，宛如一隻純白的鴿子，在黑暗中晃眼便消失了，石慧愣愣走了過來，他忙著急問道：「你的母親怎麼突然生氣了？」

「瞧你急成這副樣子。」石慧笑道：「我媽又不是在生你的氣。」

白非心中一塊石頭落地，說道：「我們再坐一會兒吧。」

石慧暗笑道：「我不要，我累死了，要睡覺。」

白非失望的看著她，她一笑又道：「以後日子長得很，你要看我，我就天天讓你看個夠。」白非心中又是一甜，不再說話了。

這土牆上去雖難，下來卻不難，但畢竟太高，他兩人接到地面時，仍不免發出一些聲音來，他們身形卻並未停留，向那矮牆內掠去。

黑暗中立著那為他們開門的聾啞老人，頗為注意的看著白非的身形，臉上帶著一臉迷茫之色，彷彿心中有著什麼難解的問題似的。

他絕沒有發出一絲聲音，是以白非和石慧根本沒有看到，這聾啞老人在陰影中站了許久，緩步走了開去，其實不但白非和石慧不會注意到他，這世上又有誰會注意到這既聾且啞的老人呢？

白非回到房裡的時候，是安詳而愉快的，他關好窗子，但是一顆心卻遠遠飛到窗戶外面去了。

雖然他很累，但卻絲毫沒有一點兒睡意，這也許是心情太興奮的緣故，他坐到椅上，將壺中的冷茶倒了半杯，但卻並不喝，只是注視著那杯面尚未平復水的漣漪發愣。

突然，窗外有人在輕輕敲著窗子，他的心情又一陣緊張，心幾乎要跳到嗓子眼了，高興的暗忖：「難道她又來找我了？」連話都來不及說，右手一支窗戶。

這次他不再有任何顧慮，身形猛的一拔，竟往上拔了三丈，雙臂翅張，兩條腿在空中猛一伸曲，像蒼鷹般的又往上拔了丈餘。

他一伸手，反搭住土牆的牆頭，身軀借勢往上一翻，便站到土牆上，掃目四望，那人影卻又在土牆下向他招手了。

白非心裡越發疑惑，這人影到底是誰？為什麼要將自己引開？難道是對自己有什麼不利的企圖嗎？

這答案幾乎是肯定的，他暗忖：「這人影一定是要對我不利，否則他將我引出去幹什麼，這人影武功極高！我萬萬還不是他的對手。」他有些氣餒，但那人影仍在下面向他頻頻招手，他少年的氣血直往上湧，再也顧不得利害，縱身向下躍去。

那人影始終在他前面不遠，但饒是他使盡身法，還是追他不上。

白非心裡越來越急躁，但在這種情形下，急躁又有什麼用，他根本猜不透人家對他到底是何用心，這人的輕功遠遠在他之上，他追不到，自然也無法詢問人家到底是怎麼回事。

這是一片似乎看不到邊際的土原，那人影奇怪的是並不一直往前跑，卻在這片土原上繞圈子，漸漸，白非的真氣有點接不上來。

但此刻情形勢如騎虎，叫他放手一走，他卻有些不甘心。

那人身法異常快，是以雖然繞了許多個圈子，時間卻不長，白非心裡正考慮著應付這件事的方法，哪知那人影卻倏然停了下來。

那人影這一停下來，倒真把白非給怔住了，身形也緩緩停了下來，腦中轉著念頭，忖道：「方才我追了那麼久，他都在前面逗引，現在怎的卻停下來了，這人到底是誰？有何用意呢？」他極力前望，想看看那人到底是誰。

但是夜色太濃，饒是他目力佳於常人，也只能看到那影影綽綽一個人影，面貌根本無法看出來。

這樣兩人雖是隔著一段距離，但卻是面對面地站了許久，那人影動也不動，也不再向他招手，他心裡有些不耐，終於移動了腳步，向前走去。

隨著夜色之濃，風也越來越大，白非不得不微微瞇起眼睛來，因為他怕那被風吹起來的塵土吹到他眼睛裡去。

這麼樣的距離，他如施展輕功來，何消一個起落就到了，但此時他一步步的走著，卻彷彿很遠，同時，他心裡也不免有些緊張，因為這人影的行動太過詭異，是友是敵，現在也不知道，白非心中有數，知道自己不是人家的對手，若這人對自己懷著惡意，那自己今日可絕討不了好去，而照目前的情形看來，這人影對自己卻是懷著惡意的成分居多。

因此他每跨一步，心情也就隨著緊張一分，腳下似乎帶著千鈞之物，說不出的那麼沉重，等他看清那人影，他卻禁不住驚喚了起來。

雲龍何去

練武的人多半早起，第二日清晨，石慧一腳跨出房門，已經看見司馬之站在院中了。

她悄悄走了過去，卻見司馬之垂著雙手，靜立不動，像是一段枯木似的，她猜想他也許在練著什麼功夫，因此也不敢打擾，也靜靜站在一旁，呼吸著清晨清冷的空氣。

片刻，司馬之張開眼來，朝她緩緩一笑，她也笑道：「前輩起來得真早。」

司馬之微笑說道：「老頭子多半起得早，也許是自己知道自己是活不長了，是以特別珍惜時日的緣故吧。」

他話中的辛酸與感慨，很明顯的就可以聽得出來，石慧在心裡歎了一口氣，忽然對這老人起了很大的好感，但卻說不出一句話來。

司馬之又微微一笑，道：「昨晚你和白非到哪裡去了？」

石慧倏然飛紅了臉，羞得低下頭去，暗忖：「這老人果真厲害，我和他出去的時候，敢說沒有發出一絲聲音來，他怎麼會知道的？」

司馬之敞聲而笑，羅剎仙女剛好走出來，問道：「爹爹，什麼事使你老人家這麼高興？」

石慧的頭垂得越發低，生怕這老人會說出來。

「沒什麼。」司馬之笑著回答：「小霞這小妞子怎的還沒有起來？最近她好像越來越懶，連早課都懶得做了。」

羅剎仙女哟了一聲，嬌笑道：「這你老人家倒不要錯怪了好人，她一早就起來忙著去煮早飯給大家吃了。」

石慧趕緊道：「我去幫她忙去。」乘此機會，居然溜之大吉了。

早點端上來，是清粥，還有四色小菜，蒸火腿、炒蛋、風雞和皮蛋，雖然都是些現成的，而且可以久放的東西，然而在此地能吃到這些東西，倒真是口福不淺，司馬之笑道：「他們想得倒真周到。」

石慧心裡想著白非，暗忖：「他怎麼還沒有起來？」眼睛瞟了司馬之一眼，卻不好意思說出來，司馬小霞卻道：「白哥哥怎麼還沒有起來？」她比石慧還天真，不但先問了出來，而且還叫起白哥哥來了，這就是江湖男女異於常人的地方。

司馬之眉頭微皺，道：「少年人貪睡最是要不得，你去把他叫起來吧。」他少年時遊俠各地，因此口音也雜，說得話來，南腔北調都有，這樣也有好處，因為每個地方的人都能聽懂一些。

司馬小霞趕緊說好，轉身就跑了出去，石慧心裡可有些不願意，因為她也想去叫，但當著人她又怎能搶著去？

她著急的坐在桌子旁，想白非快點來，等了半晌，卻見司馬小霞一人急匆匆的跑了回來，她忍不住問道：「他呢？」

「我也不知道。」司馬小霞看起來也有些著急，氣咻咻的說道：「剛才我敲他的門，敲了半天，也沒有開，我忍不住想推門進去看，哪知門關得緊緊的，我就繞出去，一看他那間房的窗戶倒是開著的。」她一口氣說到這裡，稍微停了停，司馬之含有深意的望了石慧一眼，石慧卻沒有注意到，只是留神的注意著司馬小霞。

司馬小霞又道：「我就跑到窗子旁邊去看，哪知房裡卻沒有人，床上也是整整齊齊的，好像根本沒有人睡過的樣子。」

石慧吃了一驚，著急的低語道：「他沒有睡過，那麼他到哪裡去了呢？」其實不但她著急，這裡的人又有哪一個不在著急呢？

這座房子在一大片荒野裡，四周根本沒有可去的地方，大家心裡俱是疑竇叢生，尤其是石慧，司馬之本來以為她一定知道白非的去處，但看了她焦急的神色，卻又不像。

他沉吟了半晌，沉聲道：「以白賢侄的武功和聰明來說，我想他是不會出什麼意外的，不過——」他含蓄的止住了話，然而話中未盡之意卻給石慧帶來了更大的焦急和憂慮。

她倏然站了起來，道：「我去找他去。」

最後一個字落聲的時候，她人已走出房了，司馬之搖頭歎道：「年輕人總是沉不住氣，這叫她到哪裡找去？」轉念想到自己年輕時又何嘗沉得住氣，這沉不住氣卻正是年輕人的通病。

石慧迷茫地跑出房子，眼前一個人影似乎在向她比著手式，她心中有事，也未去注意，等到她發現那向她比著手式的竟是為他們開門的聾啞老人時，她當然更不會注意了。

她根本等不及別人把門打開，縱身一掠，便掠了出去，門外一眼望去，盡是風沙遍野，她在那土牆的旁邊愣了一會，仰首上望，昨天那人還和她同在土牆之上，但現在他卻去了哪裡呢？

她心裡既驚恐又難受，驚恐的是她怕白非出了意外，當然她希望他沒有，然而如果他沒有意外，那麼他走了，為什麼不告訴自己一聲呢？

人們在陷入愛的漩渦裡時，情感最為紊亂、矛盾，尤其像石慧這種在情感上尚是一片白璧的少女，她受的這種折磨也越大。

她向四周仔細打量了許久，但依然辨不出方向來，可是即使她辨出了方向，她又怎能知道白非是往哪個方向走的呢？

這時候，她只有依靠自己的命運了，她悄悄閉起眼睛來，似在默禱上蒼能指點她一條明路，然後她睜開眼來，不辨方向的飛身而去。

這裡這幾天的天氣很古怪，每日清晨彷彿都有一些陽光，然而這陽光尚未曬熱地上的沙土地，便又恢復陰暗了。

她眼睛有些閃爍，原來陽光正自她迎面射來，她高興的忖道：「我是朝日出的方向而來的，看來也許會找得到他了。」在這種時候，她也像多數人一樣，憑著一件並無根據的事來幻想著自己的幸運。

她身形極快，在這種風沙之中，縱然有陽光，也很難辨清她的人影。

但陽光瞬即消失了，她拔足急奔，並沒有多久，她即看到前面似乎有個市鎮，她心裡有些歡喜，更加快了速度，然而兩個縱身之後，她看清了這小鎮竟是他們昨晚來過的地方。

原來在那一片荒野之中，她以為自己是照著直線前行的，哪知卻劃了一道弧線，是以剛好又回到這被她熟悉的小鎮上來。

這時候她當然毫無猶疑的走進鎮去，一到小鎮的邊沿，她立刻頓住身形，換了平常人行路的速度，她入世雖淺，但江湖上這種最普通的規矩她還是知道的，只是心裡也有些不願意遵守而已。

雖是清晨，但市鎮上的人已經不少了，因此此次武林盛會，這個人跡罕至的小鎮後來竟逐漸繁榮，這大概也不是千蛇劍客能預料得到的。

石慧用心的在人叢搜索著，希望能夠發現白非，那些武林豪客看到竟有個少女在向他們毫無忌憚的打量，心裡剛有些要開玩笑的意念，但等到他們看清這少女竟是昨日力鬥天中六劍的人的時候，他們那種意思就很快的完全消失了。

當她走過一家本是個貨店改裝的客棧門口時，她發覺有一大堆人圍在那客棧門口，三三兩兩的在討論著一個看來似乎非常重要的話題，她也不禁駐了足，向那小客棧走去，她這時候無論任何地方都去，只要那地方能有一絲希望找到白非的蹤跡，白非若知道他已得到一個少女的全部情感，他也該心滿意足了，無論任何人能得到另一人的全部情感，這總是一件值得驕傲也是一件極為光榮的事。

「謝大哥怎麼回事呀，聽說他兩隻手都是自己砍斷的，老哥，你可看到沒有？」

「我沒有看到，不過若說兩隻手都是他自己砍斷，這似乎有些不大可能吧。」另一人說道：「他到這裡來做什麼？」一人問。

「你老哥還不知道呀，武林中有名的神醫、追魂續命那位主兒就是住在這家小客棧裡哩。」另一人回答道。

「唉，這幾天這裡真是高手雲集，連白羽雙劍裡的司馬之昨天都露了面，像咱們這號的人物，還是趁早回家吧。」

那人歎道：「這裡可說不定會出什麼事，你看，謝老大不就是個榜樣。」

「像他這樣的人物，會有這種收場，真是誰也想不到的事。」另一人感慨萬千的說道。

這裡人叢裡的問答，石慧卻極為留神的聽著，這時候她雖然已經知道這件事並沒有關係著白非，然而這件事卻引起了她的好奇心了。

恩仇了了

過了一會，人叢忽然向兩旁分開，石慧巧妙的一轉，已經轉在那叢人的前面，因為女孩子總是較矮，她若站在人家後面，根本就無法看清前面的事了。

她睜大眼睛望去，只見兩個粗漢抬著一塊床板，床板上的白被單上血跡淋漓，床板邊跟著一個二十多歲的英俊少年，英眉劍目，臉上卻帶著一種怨忿不平的神色，不時低下頭去輕聲向那床板上的人說話，神色又極為憂鬱了。

這時候一群人又一擁向前，朝那床板上躺著的人問長問短，只是那人的雙臂全斷，流血過多，縱然僥倖獲得了武林中出名脾氣最怪的追魂續命的青睞，能得以不死，然而卻已沒有精神來傾聽別人的話，當然也更沒有精神回答了。

石慧伸長脖子望去，看到那床板上躺著的人，赫然竟是遊俠謝鏗，他渾身血跡斑斑，上身只剩下了段軀幹，兩臂空空，臉上也沒有一絲血色，石慧眼睛一閉，不忍再看下去了。

雖然她也曾經幾乎殺死過他，然而那是不需流血，她甚至不會看到他死亡的痛苦，但此刻她見了人家竟是如此重傷，再加上那種悲淒殘酷的樣子，心裡當然不免難受。

難受之外，她還有些奇怪，這謝鏗怎會弄成這副淒慘的狀況，而且還聽說他是自行砍斷雙手的，難道他是被人所逼嗎？「然而他卻又不像被人用武力可以屈服的呀？」她暗暗忖道。側著身子，雙臂微分，又從人叢中鑽了出來走到前面。

那英俊少年正是六合劍丁善程，他非常偶然的抬起頭來，一個美麗而熟悉的面孔出現在他面前，他用不著多花心思去思索，已經想起那正是屬於那被他極為欣賞的少女的。

他記起他還曾經向謝鏗提過，他忽然又低下頭，因為那少女兩隻明亮而清澈的眼睛，竟也非常直接的在望著他。

謝鏗忽然低低呻吟一聲，丁善程立刻叫那兩個粗漢停止前行，因為即使很輕微的震動，也會帶給謝鏗很大的痛苦，這點他自然知道。

丁善程長長歎息了一聲，像是在為謝鏗的痛苦悲哀，他暗忖：「謝大哥，你這又是何必呢？」人叢中竟也有人發出和他思想完全吻合的話，每個人似乎都認為謝鏗所做的事有些不必要。

可是謝鏗此刻的心境卻有著說不出來的平靜，因為他此刻恩仇了了，再也沒有什麼人欠他，他也再沒有欠著任何人了。

他心裡的感覺別人自然不知道，即使知道了，也不會有人同情，因為他剛才發生的事，這些人一部分都是親眼所見的。

清晨的時候，謝鏗和丁善程先走了出來，這些天他們相處得很好，謝鏗雖然也認為丁善程有著些難以容忍的脾氣，但他總比老奸巨猾的伍倫夫、無話可談的郭樹倫要好得多。

他們並肩走了出來，本無目的之地，只是嫌所居之地太過窄小，氣悶而已，這滿街上行走的人群倒有一大半兒是和他們抱著同樣的心理。

是以他們雖然不餓，仍走進一家小吃舖，剛想叫些東西來吃吃，彷彿又聽到街上起了陣雜亂。

他們並未十分在意，也是另因謝鏗的大風大浪見得多了，而丁善程在謝鏗面前，也不好意思現出太嫩的樣子。

哪知驀然他們背後有人冷冷一笑，他們同時回過頭去，都吃了一驚，因為竟有一個通體純白、臉上也帶著白色面巾的女子站在門口，從笑聲中判斷，這女子對他們並無善意。

這種裝束的女子，連江湖歷練這麼豐富的謝鏗也兀自猜測不透人家到底是何來歷。

那女子又冷笑一聲道：「姓謝的，我勸你趕緊出去，不然的話，要我自己來請，就覺得有些不好意思了。」言下自滿已極，又彷彿只要自己高興，任何事都一定可以做到似的。

講話的聲音中，竟有一股令人聽了就會一陣悚慄的寒意，謝鏗渾身立刻起了一陣不舒服的感覺，暗忖：「怎的我最近如此倒楣，盡是碰見這些沒來由的事。」他生平未曾見過這女子，其實他生平也根本沒有和任何女子發生過糾葛。

因此他只回頭看了一眼，仍然回轉頭去，雖然心裡難免加速了跳動，但卻仍然做出若無其事的樣子，彷彿根本不知有人在叫他。

那女子面上的白巾不住抖動，顯見得氣憤已極，吃食舖裡的雖然都是武林豪士，但在這種情形下，誰也不願意多管閒事，只是靜靜地坐以觀變，當然，若換了普通人怕不早就跑了。

眾人只覺微微一陣風吹過，那女子已站在謝鏗背後，這才吃了一驚，須知謝鏗所坐的桌子在裡面，從門口到他那裡還隔著三四個桌子，這舖子地方太小，但為著生意著想，又不免要多擺幾張桌子，因此桌子與桌子之間所留的空隙根本就極少，再加上坐在桌旁的人，那根本就再也沒有什麼空隙了。

而這女子身形既未見高縱，當然不像是從人家頭頂上竄過去的，但她卻又如何能在瞬息之間就穿過那幾張桌子來到謝鏗桌旁，而甚至連坐在桌子旁邊的人都不知道哩，這豈非有些不可思議。

謝鏗心頭亦是一懍，暗忖：「這女人好俊的輕功，怎的最近我盡是遇著一些高手，而偏偏這些高手都像是要對我不利的。」

他心裡嘀咕，但卻不得不站了起來，向那女子抱著拳道：「姑娘是誰？找我謝鏗有何見教？」

那女子輕輕一笑，伸手揭開臉上的面巾，和她面對面的謝鏗不由激靈靈的打了個冷戰，丁善程哎喲一聲，竟嚇得輕喚了出來。

那些武林豪士也正在望著他們，看到這女子的面貌後，也是驚喚出聲，捧著兩碗牛肉的堂倌正巧走在他們旁邊，準備給謝鏗送來，看了她的臉，手一軟，連牛肉湯都倒在地上了。

那女子極為難聽的一笑，說道：「姓謝的，你不認識我了嗎？」

謝鏗看著她那簡直不像人的醜陋面貌，硬著頭皮道：「實在面生得很。」

那女子笑得全身亂顫，但臉上卻一絲表情都沒有，坐在她背後的人，看著她的背影，都覺得這真是個美人，笑得如此花枝亂顫，但坐在她前面、看得到她臉的人，卻是一個個頭皮發炸，閉起眼睛來。

「你不認得我，我倒認識你哩。」那女子道：「非但認得你，還清清楚楚地認識你。」她冰冷的目光向各人一掃，又道：「別人只知道你謝鏗是個義薄雲天的好男兒，我卻知道你是個忘恩負義的小人，居然殺死了你的救命恩人。」

她此話一出，眾人不禁一陣譁然，丁善程手撫劍柄，倏然站了起來，方想怒喝，卻被謝鏗一手按住了，只得又坐回椅上。

「原來姑娘就是黑鐵手的朋友。」那女子一說出那話，謝鏗當然知道人家是什麼意思了，是以立刻便說出此話來，他難受的一笑，又道：「不錯，黑鐵手是我救命的恩人，不錯，也是我親手殺了他，但在我姓謝的看來，殺父之仇卻遠比救命之恩重得多，姑娘如果對我姓謝的不滿，我姓謝的站在這裡，全身上下聽憑姑娘招呼好了，我姓謝的若還一還手，皺一皺眉，當著這麼多江湖朋友，我姓謝的從此算在武林除名了。」

眾人又是一陣譁然，有人低語：「謝鏗居然是好漢子。」

哪知那女子卻笑得更厲害，道：「假如你殺父的仇人其實並不是黑鐵手呢？那我說你謝大英雄該怎麼辦？」

她這一說，謝鏗倒真的愕住了，暗忖：「假如黑鐵手並沒有殺死我父親，那我就真是個忘恩負義的人了。」但轉念一想，忖道：「還好，那是絕不可能的。」遂朗聲道：「黑鐵手當著天下英雄，一掌擊斃家父，武林中人有目共睹，他為著一件小事就動手殺人，豈非太毒了些嗎？」

「真的嗎？」那女子一笑道，無論從她的身材、聲音甚至風姿上來看，她都應該是個絕色佳人，但她的臉，卻像是一塊上面雕刻著極醜陋的花紋的玄冰。

第四章　八方風雨

了了恩仇

「可是據我所知道，殺死令尊大人的，卻是姑娘我呀！」那白衣蒙面女子輕描淡寫的說著，彷彿將這一類事根本沒有放在心上。

可是她這句話所帶給謝鏗的驚駭，卻是太大了，他腦海中像是被人投下一塊巨石，震起無數漣漪，使他再沒有思索任何一個問題的能力。

他高大的身軀也有些搖晃，彷彿這些充滿了精力的筋肉和骨骼已不能再支持他自己，丁善程伸手輕輕扶過他，瞪眼望著那白衣的詭秘女子，其實此刻這小舖裡的幾十對眼睛，又有哪一對不是在望著這詭秘的女子呢？

須知，她的這種做法大大超出了武林常情之外，謝鏗略為清醒了一下頭腦，但饒他江湖經驗再豐，也想不出這女子的來意。

沒有任何一個人敢對此事插言半句，因為這件事關係著二十多年來的一段公案，而這段公案又幾乎是被江湖上大多數人所注意著的。

那女子的目光，冷冷地向每一個人的臉上掃過，每個被她目光所注的人，各個心中都生了一絲寒意，忍不住將脖子努力地向衣領裡縮進一寸，縱然這小舖子此刻是溫暖如春的。

那女子充滿了譏諷、嘲弄和蔑視的一聲冷笑，又道：「如果你們知道我是誰，就不會懷疑我所說的話的真假了——」她故意停頓了話，果然每人都在極為注意的傾聽著。

謝鏗心中方自一動，隱隱約約的想到了這女子是誰，那女子將上身扭動了一下，讓她腰部以上的身軀幾乎和腰部以下的變成一種不可思議的角度，然後緩緩開口說道：「也許你們都沒有看到過我，可是我相信你們都聽過我的名字——」她又將她的話，倏然頓住，然後一字一聲的說道：「我就是無影人。」

這「無影人」三字宛如金石擲地有聲，丁善程的喉結上下移動著，這受驚的年輕人再也想不到無影人會是個女子。

原來無影人昔年江湖側目，但誰也沒有看過她的廬山真面目，因為凡是知道她真面目的人，都已死了。

人們心裡把她幻想成各種人物，但由於人類的錯覺，誰也不會認為這毒辣、陰狠的無影人竟會是個女子。

無影人昔年為著黑鐵手施毒害死虬面孟嘗的事，除了她自己和虬面孟嘗外，誰也不知道真相，雖然有些人看出了端倪，但是誰又敢說虬面孟嘗是為無影人所害，因為他們之間素無恩怨呀！

丁伶此次千里關山來到此地，當然是為著她仍念念不忘的黑鐵手，有人說少女的第一個情人往往也是她最後一個情人，這話雖然有些誇張，但任何人的第一個情人，總是她畢生難忘的。

她知道了黑鐵手已死的消息後——這是她在那土牆上從她女兒石慧那裡知道的，她立刻下了決心要為黑鐵手報復，她生性奇特，她對那人怨毒越深，卻也越發不願意讓那人痛痛快快地死去，因此她找著謝鏗也並沒有立刻下手，這在她說來，原來極為容易做到的，只是她不做而已。

謝鏗此刻反覆思量，從他所知道的許多件事上，他已經恍然知道了這事的前因後果，也確信無影人的話並非虛言，他父親的確不是黑鐵手殺死的，縱然他父親的死和黑鐵手有著直接的關係，但即使黑鐵手沒有動手，他父親一樣會死，反過來說，假如無影人不曾先就施毒，以他父親的武功，卻不一定會傷在黑鐵手掌下。

他暗中長歎一聲，對那曾經救過他命的垂暮老人——黑鐵手的愧怍又加深了幾分，他心中劇烈的絞痛著，因為這是他生平所做最大一件錯事，而這事卻使他親手殺了他的救命恩人。

「恩怨分明」這是江湖豪士的本色，也是江湖豪士所最注重的事，遊俠謝鏗，義聲四震，還不就是因為他是個恩怨分明、義薄雲天的大丈夫，這當然也是他心中為自己驕傲的，但此刻他卻認為自己再沒有任何地方值得驕傲的了。

他簡直說不出話來，無影人丁伶又冷笑道：「怪不得遊俠謝鏗在武林中的名頭這麼大，自己的殺父仇人就站在對面，他一動都不動，卻反而將自己的救命恩人殺死了。」她冷笑不絕，笑聲尖銳而淒厲，遠遠傳了出去，使人以為是梟鳥夜啼。

丁善程劍眉一軒，驀然站了起來，厲喝道：「江湖朋友誰不知道我謝大哥是個義氣為先的大丈夫，你這婦人再要亂言，小爺我就要對你不客氣了。」他少年任性，心中為友的熱血上湧，竟不再顧忌對方就是以毒名滿天下的無影人。

丁伶鄙夷的望了他一眼，冷冷說道：「你這個乳臭未乾的毛頭小夥子，還不配和我動手哩。」丁善程再也忍不住，暴喝聲中劍影突現，銀星萬點，直逼到丁伶的面前。

群豪心中眾口暗讚，這少年的身手好快，哪知倏然又是刀光一閃，接著嗆然一聲巨震，那無影人站立未動，丁善程持劍呆立，竟是謝鏗將他這一劍接了下來。

原來就在丁善程拔劍的那一剎那，謝鏗長臂一伸，竟將鄰座武士的佩刀拔了出來，向外疾劃，硬生生接了丁善程那一劍。

他此舉又大為出乎各人意料之外，丁善程更是愣住了。無影人丁伶聲色未動，在這種情形下，她的鎮靜功夫果然過人一等。

丁善程巧妙的將劍一撤，那劍便平貼的隱在肘後，劍尖露出肩外，微閃著青光，他結結巴巴地想問謝鏗何意，但見了謝鏗的神色，又問不出來，群豪一齊被方才的刀光劍影所動，有的都站了起來。

謝鏗面色難看已極，他心中已將這事做了個決定，縱然別人也許會認為這決定很傻，但在他自己來說這卻是唯一解決的辦法了。

他斷然道：「善程兄，你的好意，我感激得很——」他回過頭，朝向丁伶，道：「不錯，我姓謝的是殺了我的恩人，可是我姓謝的一向恩怨分明，絕不讓好朋友說半句話，這件事我自然有了斷的方法。」他頓住話，臉色更為難看。

他將刀一橫，丁善程哎呀一聲，以為他要向頸上抹去，哪知他卻張嘴一咬，將刀背咬在嘴裡，眾人皆一愕，不知他要幹什麼。

驀然，他鼻孔裡悶哼一聲，額上青筋暴露，頭一低，雙臂一抬，只見血光暴現，他兩條手臂竟硬生生斷在他自己嘴銜的刀鋒之下，只剩下一點皮肉尚連在一起，是以便虛軟的掉了下來。

眾人俱一聲驚呼，丁善程搶先一步，緊緊攬住他的腰，丁伶目光裡似乎也閃過一絲激動的光芒，但臉上神色仍冷靜如恒。

鮮血如湧泉而流，謝鏗的臉色蒼白而可怕，但他仍強支持著道：「我自斷雙手，算是我和黑鐵手之間恩怨已了。」他雙目一張，那麼虛弱的人，此刻竟也精光倏然而露，緊緊盯著丁伶道：「至於我和你的不共戴天之仇，我姓謝的有生之日絕不敢忘，我就算只剩下兩條腿，也要向你清算舊賬的。」他聲音雖弱，但話中卻講得截釘斷鐵。

無影人丁伶縱然心如寒冰，此刻也不免心頭一凜，暗忖：「這姓謝的果然是條漢子。」她倒並未在意已成殘廢的謝鏗會來報仇，因為她幾乎已經斷定，別說謝鏗只剩下兩條腿，就算謝鏗手足俱全，也萬萬別想找自己報仇的。

但她卻不知道在一個下了決心的人說來，世上是不會有不可能的事的。

丁伶冷笑一聲道：「姓謝的，念你還是條漢子，我就饒了你，你想報仇的話，我也接著你的，只是我勸你，這種夢還是少做為妙。」

丁善程雙目噴火，目光如刀，緊瞪著她，恨不得要將她裂為碎片，但她卻看都不向他看一下，冷笑聲中，人影微動，已飄然而去。

謝鏗此刻再也支持不住了，脫力的倒在丁善程身上，但是他心中卻得到了解脫，因為他一世為人再也沒有能使他心中愧怍的事了。

易容之術

謝鏗的肢體雖然殘廢了，然而他的人格與靈魂卻更為完整，因為他做了任何人都不願做而不肯做的事，卻只為著自己心的平靜。

所以素性怪癖的追魂續命也不能拒絕他的要求，而為他治了幾乎因失血過多而致死的傷，可是縱然華佗再世，也不能使他的雙臂復生了。

丁善程扶著謝鏗的床，緩緩走開，有一部分人，也隨著走去，石慧呆立了半晌，忽然有人在她的肩上一抓。

她一驚，轉身，哪知那人卻乘著她這一轉之勢，又掠到她的後面，她更驚，暗忖：「這是誰？」玉指合併，想從肘後穿出去點那人的脅下，哪知那人一聲輕笑，卻將手鬆開了。

石慧再回頭，一個身長玉立的中年男子正笑哈哈站在她身後，她乍一看，並不認得此人，再一看，卻不禁高興得歡呼了起來。

她向那男子撲了上去，也不怕當著這麼多人，那人一把摟著她，街上的人都以詫異的眼光看著她，那人笑道：「慧兒，你還是這副樣子。」原來這人就是她的父親——武當高徒石坤天。

石慧抬起頭來，嬌憨的說：「爸爸，你果然將易容術練成了，你老人家什麼時候教我呀？」

石坤天一笑道：「連你都認得出我來，我的易容術還能教人呀？」他父女兩人隱居已久，影跡脫落已慣，說話間，竟不像是父女兩人。

有人看到了，並沒有聽到他們的對話，都說：「你看這兩人好親熱。」原來他們都以為這是對情侶，遠遠有個人本是朝這個方向走來，看到這情形，頭一轉，回身走了。

石坤天拉著他女兒的手邊走邊道：「你見到媽媽沒有？」

石慧點了點頭，忽然道：「爸爸，你不是和媽一起來的呀？」

石坤天搖頭笑道：「她說先出來找你，我一個人悶得慌，也跑來了，我本來以為這裡一定很荒涼，哪知卻這麼熱鬧，我問了問，才知道這裡不但熱鬧，而且現在天下再沒有比這裡熱鬧的地方了。」

石慧笑道：「這些天呀，這裡不知道出了多少事，真比我一輩子見到的還多，我還看到了爸爸跟我說過的白羽雙劍。」

石坤天驚哦一聲，道：「他們兩位也來了嗎？」

「還有呢。」石慧點頭笑道：「我還打敗了天中六劍，爸，你老說我功夫不行，現在我一看，自己覺得還不錯嘛。」

石坤天哈哈大笑，道：「真不害臊。」沉吟半晌，忽然又道：「天中六劍怎麼會和你動起手來的？算起來還是你的師叔哩。」石坤天出身武當，和天中六劍本是師兄弟一輩，只是他們在派裡地位不同，所得的武功也各異。

石慧咭咭呱呱，將這些天來她所遇到的事全說了出來，石坤天也一直帶笑傾聽，可是石坤天問她為什麼會和司馬之分開的時候，石慧卻答不出話來，她到底不好意思說出她對白非的情感，縱使對方是她父親。

石坤天搖頭笑道：「看起來你這個小妮子也——」他笑哈哈的止住了話，昔年他苦追丁伶，也歷盡了情場滄桑，此刻見了他女兒的神態，怎會看不出她的心事，石慧的臉卻由脖子一直紅到耳根了。

這兩人一路前行，不知吸引了多少人的目光，人家當然不知道他們是父女，因為石坤天看來，最多也只不過才三十多歲，他長身玉立，臉上雖帶著一種淡黃之色，但在神色和舉止中，卻十足的流露出一種男子成熟的風度。

這情形當然是十分容易引起別人誤會的，原來石坤天不願意在人前暴露自己的身分和面目，是以用易容之術掩飾了自己的本來面目，他女兒雖然看得出來，別人卻又怎麼看得出來呢？

是以，迎面走來的人們，雖然其中有幾個是他當年所認識的，但人家可已不再認識他了。

石慧笑問道：「爸爸，你是不是想媽媽？」

石坤天道：「你可知道她在哪裡？」

石慧道：「爸爸都不知道，我怎麼會知道？」

石坤天笑著拍了拍她的手，心裡卻有些著急，他和丁伶二十年來從來沒有一天不在一起，如今驟然離開了這麼多日子，這情感老而彌篤的人當然會有些著急了。

驀然，街的盡頭傳來一陣極為怪異但卻又異常悅耳的尖聲，那是一種近於梵唱，但其中卻又一點兒也沒有梵唱那種莊嚴和神聖意味的樂聲。

石坤天也不禁被這尖聲吸引，目光遠遠望去，卻見街上本來甚為擁擠的人，此刻卻兩旁分開了，留下當中一條通道。

接著一隊紅衣人走來，彷彿人叢中來了一條火龍，石慧好奇的問道：「這些是什麼人？」石坤天搖首未語，他也不知道。

那些人走近了些，卻是八個穿著火紅袈裟的和尚，手裡每人拿著一根似簫非簫、似笛非笛的樂器吹奏著，那奇異的樂聲便是由此發出。

這八個和尚後面，還有更奇怪的事，原來另有四個僧人，也是穿著火紅袈裟，卻抬著一個紫檀木的桌子，這四個僧人身材頗小，看起來不像和尚而像是尼姑，但尼姑卻又怎可能與和尚在一起呢？

更奇怪的是，那張檀木桌子上竟坐著一個黝黑枯瘦的老僧，身上雖也穿著一件火紅袈裟，但卻露出半個黑得發紫的肩膀來。

這僧人的年紀像是已極大，低首垂眉，臉上千條百線，皺紋密佈，那赤露著的一條臂膀上卻套著十餘個赤金的手鐲，由手腕直到臂頭，看起來實在是怪異絕倫。

石慧這一輩子哪曾見到過如此景象，張著嘴，睜大了眼睛望著他，那枯瘦老僧忽然一睜眼睛竟和石慧的目光相遇。

石慧驀然一驚，趕緊低下了頭，皆因這枯瘦老僧的眼睛，竟像閃電那麼樣的明亮和可怕。

但是那枯瘦老僧的目光卻仍然盯著她，她悄悄移動步子，想躲到石坤天背後去，不知怎的，這天不怕地不怕的女孩子，卻對這枯瘦老僧生出了一種說不出來的怕意。

石坤天也自發覺，劍眉微皺，跨前一步，擋在石慧的前面，哪知那枯瘦老僧卻突然一擊掌，頓時那些正緩緩前行的僧人卻停住了腳，樂聲也倏然而止，一條街竟出奇的靜寂，原來所有的人都被這些詭秘的僧人所震，沒有一個發出聲音來。

那枯瘦老僧站了起來，身材竟出奇的高，因為他腿極長，是以坐在那裡還不顯，可是這一站起來，卻像一棵枯樹。

人們雖然不敢圍過來，但卻都在看著，只見他一抬腿，從桌上跨了下來，從那麼高的地方一腳跨下來竟沒有一絲勉強，就像普通人跨下一級樓梯般那麼輕易和簡單，若不是大家都在注意著他，也根本不會發現他的異處。

不識貨的人，只是驚異著他的輕功，識貨的人卻吃驚的暗忖：「這老僧竟已將輕功中登峰造極的凌空步虛練到這種地步了。」

石坤天當然也識貨，方自驚異之間，那枯瘦老僧竟走到了他的面前，這一段並不算近的距離，他竟也是一步跨到的。

枯瘦老僧單掌打著問訊，問石坤天道：「施主請了。」口音是生硬已極的雲、貴一帶的土音，幸好石坤天久走江湖，還聽得懂，連忙也抱拳還禮，心裡卻在奇怪著這老僧的來意。

「施主背後的那位女檀越，慧眼天生，與老衲甚是有緣，老衲想帶她回去，皈依我佛，施主想必也是非常高興吧？」

石坤天一愕，他再也想不到這枯瘦老僧竟會說出這種荒唐之極的話來，面色一沉道：「大師的好意，感激得很，可是她年紀還輕，也不想出家。」口氣中已有些不客氣的味道。

那枯瘦老僧微微笑道：「那位女檀越想不想出家，施主怎能作主，還是老衲親自問問她了。」

石坤天怒道：「大師說話得清楚些，我佛雖普渡眾生，卻焉有強迫人出家的道理？」

天赤尊者

那枯瘦老僧面色亦倏然一沉，冰冷之極的說道：「施主休要不知好歹，別人想做老衲的弟子，老衲還不肯收哩。」

石坤天更怒道：「不識好歹又怎的。」他昔年在武當門中就以性烈著稱，後來遇著丁伶，雖然將他折磨得壯志消磨，但他此刻重出江湖，髀肉復生，不禁又犯了少年時的心性。

那枯瘦老僧冷笑一聲，道：「想不到老衲僅僅數十年未履中土，中原的武林人物就把老衲忘了，你年紀還輕，回去問問你的師長，天赤尊者的話，從來可有人違抗過沒有？」

饒是石坤天膽大，此刻也不免渾身一震。

「原來他就是天赤尊者，我怎的這麼糊塗，見了這樣的排場，還想不到這個人來，若是我早早一溜，萬事皆無，如今卻怎是個了局。」

天赤尊者以為他年紀還輕，並不知道自己的事，其實天赤尊者三十多年前稱雄中原武林的時候，石坤天也有二十歲了，也曾聽過這當世第一魔頭的事蹟。

原來這天赤尊者本是中國行者遊方天竺時，被當地婦人所誘，私通而生，天赤尊者自幼被棄，卻得巧遇，習得天竺無上心法——瑜珈秘術，他來到中原後，又習得一身中土武功，以一個身具瑜珈之術的人來學武功，自是事半而功倍。

他在中原一待十餘年，這十餘年可說是將中原武林攪得天翻地覆，後來不知怎的突然消聲失蹤，一別三十餘年，石坤天竟然遺忘了他。

石坤天長歎一聲，忖道：「此人重來此間，倒的確是武林的大難了。」手腕一緊，原來石慧害怕得緊緊抓住了他的手，他覺得出他女兒的顫抖，心中一頓，忖道：「只是這魔頭一定要慧兒做他女弟子，卻是為著什麼呢？」他不知道這天赤尊者晚年竟習得採補之術，見了石慧的姿質，怎能放過？

天赤尊者緩緩道：「施主考慮了這麼久，應該想清楚了吧？」

石坤天眉心幾乎皺到一處，想不出一句適當的措詞來回答他的話，天赤尊者面色又是一沉，忽然背後一人冷冷道：「人家不當和尚，你要怎麼樣？」聲音低沉而沙啞。

天赤尊者臉色一變，腳步未動，卻倏然轉了身，街上人群知道又有熱鬧好看，但這次大家卻站得遠遠的，不敢走得太近，「天赤尊者」四字大多半雖都沒有聽到，但見了這種陣仗，大家已在心寒了。

石慧見了那在天赤尊者背後冷語的人，高興地發出一陣歡呼，石坤天雖然並不知道那人是誰，但憑著她那份來到天赤尊者身後，竟連面對著天赤尊者的目光卻未曾發覺的身手，已經知道來人必非等閒了，他暗忖：「此地真是異人畢集，自己在武學上雖然自問已有相當精純的功夫，可是和這般人一比，可就顯出自己還是差著一些。」心裡不禁微微有些難受。

他心裡難受，天赤尊者也未必痛快，這些年來他靜極思動，想在中原武林裡再創一番事業，因此他聽了消息後，也趕到這裡來，滿想憑著自己的身手將中原武林人士全比下去。

哪知他一來就碰了個軟釘子，人家來到他背後，若是不出聲的話，他現在還未必知道，這人的武功可想而知。

他注意地打量著那人，又不禁暗暗叫聲慚愧，暗忖：「這些年來中原武林竟是人材輩出，這麼年輕的一個女子，居然已有了如此身手。」原來這人就是白羽雙劍中的馮碧，她駐顏有術，使人看來她最多只有二三十歲，絕不會想到她已是五十左右的老婦了。

圍觀著的武林豪士，十個裡面可說有十個不認得馮碧，看了她這種裝束打扮不倫不類的樣子，自然難免在心裡猜測她的來路，只有石慧認識她，也知道她的武功，心裡自然高興得很。

天赤尊者冷眼望了她半晌，冷然道：「這位女檀越好一身輕功，可是你若憑著這點輕功就敢來管老衲的事，就有些做夢了。」

他一生驕狂，自以為話已經說得不算不客氣了，哪知人家卻像是沒有聽到一樣，仍帶著一臉鄙夷的笑容在望著他。

天赤尊者走前兩步，他身材特高，馮碧和他一比，只齊到他胸部，可是她仍然抬起頭望著他，根本沒有將這麼大一個人放在眼裡，石坤天心裡也不禁覺得奇怪，忖道：「這女子究竟是何來路，居然將天赤尊者都看成假的一樣。」須知天赤尊者的威名，震懾武林垂數十年，就在一向頗為自負的石坤天心目中，仍然有著極高的地位，石慧心裡卻篤定得很，這一來是因為她年紀尚輕，根本不知道天赤尊者的武功深淺，再者也是因為她對馮碧的武功極為信任之故。

馮碧上上下下將天赤尊者看了一遍，然後嗤之以鼻的一笑，向旁邊走了一步，對石慧笑問道：「你好嗎？」眼裡像是全然沒有天赤尊者存在一樣，輕視可謂已達極點。

石慧也笑道：「很好。」

馮碧又道：「你的那個年輕人呢？」

石慧臉一紅，心裡有些害羞，也有些難受，白非到哪裡去了，她也不知道。

天赤尊者幾乎氣炸了肺，數十年來，誰聽了天赤尊者的名頭不是悚然而驚的，此次他雖然顧忌著自己的身分地位，不好意思暴怒起來，但面目已然大變，只是他面色太黑，人家並不容易看出來而已。

他努力的將自己的怒火壓下去，故意做出一派宗主身分的樣子說道：「老衲是個出家人，本不願多惹是非，但那個女娃資質太佳，又有慧根，若不讓她皈依我佛，實在可惜。」他心裡已開始有了些顧忌，是以話也講得越發客氣，其實他倒並不是怕事，這種顧忌只是到了他這種年齡的人所必有的現象罷了。

哪知馮碧仍帶著滿臉笑容望著石慧，對他的話像是仍然沒有聽到，石坤天心裡也在奇怪：「這女子怎的如此做法？」

這時雖然沒有動手的跡象，但氣氛卻已緊張得很，圍觀著的人有的根本聽不見，有的卻是不懂天赤尊者的話，更弄不清到底是怎麼回事。

天赤尊者雖然氣忿已極，但他可不能在大街上和人動手，但如說這樣一走，他自己卻如何下台，他忽又微一擊掌，那八個拿著樂器的僧人又吹奏了起來，這番他們奏出的樂聲更為奇異，令人聽了有一種像是極不舒服卻又極為舒服的感覺。

天赤尊者長臂一伸，將披在肩上的一塊紅綢扯了下來，嘶的一聲，那塊紅布竟被他撕成兩半，他雙手各持其一，目光卻緊盯著石慧。

石慧乍一接觸到他的目光，便已渾身一震，極力的想避開，哪知天赤尊者的目光裡卻像有一種吸力，石慧想避也避不開。

漸漸，石慧眼中竟覺得那被撕成兩半的紅布又合二為一，心神也開始糊塗起來，腦中混沌一片，不知道自己是誰了。

天亦尊者將手中的兩塊紅布向地上一擲，回頭就走，石慧竟也像是著了魔似的跟在他後面，石坤天大急，忖道：「慧兒，這是怎麼回事？」側臉一看馮碧，卻見她臉上也是帶著一種不解的神情。

天赤尊者這次走得極慢，石慧卻也亦步亦趨跟在他後面，石坤天在聽了那種樂聲之後，神智雖也有些迷糊，但他到底內功已有相當造詣，還能守住心神，此刻見了石慧這種神情，他惶恐之下，縱身一掠，又擋在石慧前面。

石慧卻像是沒有看到他似的，一步步朝他身前走去，石坤天低喝道：「慧兒！你這是怎麼啦？」手一伸，拉著了石慧的膀子。

哪知石慧手一掄，竟將他的手掙脫了，石坤天虎口有些發麻，不知道石慧哪裡來的這麼大的力氣，馮碧見了，心中亦大奇：「這究竟是怎麼回事。」目光四掃，圍觀的人個個臉上都有一種如癡如醉的神情，她心中驀然一凜。

這時那天赤尊者已走到那紫檀木桌旁，那四個僧人身形微微扭動著，緩緩將桌子放了下來，這四個僧人扭動身形時，竟帶著一種說不出其意味來的韻律，使人看了，心裡不由加速了跳動。

突然，馮碧腳步一錯，掠到石慧身旁，一把抄起了她，動作迅速驚人，快得好像僅是人們心中的念頭一閃，在天赤尊者還沒有來得及回頭以前，她已一掠數丈，如驚天之輕虹，倏然而去。

石坤天來不及思索，身形一弓，嗖的也跟了去，天赤尊者回過頭，含著一個難測的笑容，低語道：「你跑得了？」

攝心大法

原來天赤尊者剛才所施的正是攝心之法，這和現代的催眠術極為相近，只是離奇或更甚之，這種攝心法在中原武林中可說無人會用，馮碧精神雖因受了刺激，有時會有些不正常，但她這些年來際遇甚奇，猛然間想到了這是怎麼回事。

因此她動念之中，就將石慧掠走，因為她知道此時石慧的神志已完全不受自己控制，天赤尊者叫她做任何事，她都會毫不考慮的去做的。

白羽雙劍久已享名武林，竟被天下豪傑尊為武林中的三鼎甲，其武功不問可知，何況馮碧這些年來另有奇遇呢！

但是她卻在她後來所遇的奇人之前發了重誓，此生再也不許和任何男子說話，若說了話，那她若不將那男子親手殺死，便須自毀她千辛萬苦習得的駐顏之術，那麼，她就等於自毀武功，因為這種駐顏之術本是一種極為深妙的內功，若此功一失，那麼她自身的功力便得毀去十中之七八。

因此她絕不對天赤尊者說話，這並不是因為她不願殺死他，而且她自忖武功，沒有能力殺死名滿天下的天赤尊者。

在這種情況下，她只得一走了之，她昔年因著一件誤會深受刺激，因此她才會發下如此重誓，心性也變得極為詭異，但是她與生自來的天性卻仍未完全磨滅，因此她對人們仍有著一份愛心，這當然也就是她為什麼會對石慧那麼好的原因。

她低頭望了望那被她橫抱在脅下的石慧的臉寵，見她滿臉癡呆，身軀不安的扭動著，力道大得出奇，若抱著她的不是馮碧，此刻怕早已把持不住，馮碧心裡暗暗著急，不知道該怎麼辦，她雖然識得這攝心術，卻沒有辦法解得。

她長歎了口氣，低頭一瞧，看見前面像是有一個極為龐大的沙丘，再四下一打量，四野寂寂，沒有半處人家。

這時她心有些亂，不知該將石慧放到哪裡，總不能帶著她到處跑呀，何況石慧此刻神志未清呢，於是她疾掠而來，像是兩脅生翼般飄了起來，想在那沙丘上先將石慧安頓下來再說。

那時她方自縱身而上，眼角卻突然瞥見那沙丘僅是一堵圍牆，裡面竟是空的，原來她無意間竟闖到司馬之他們的居處了。

這時她本是前進之勢，若換了任何人勢必要落下去不可，但她右臂用力，將石慧橫著的身軀一擺，人也借著這一擺之力，飄然在土牆上，看起來，竟絲毫沒有勉強之處。

須知這種在前力已發、後力未出、舊力將竭、新力未起的時刻內，突然收勢、轉勢，是武學中最難達到的一個階段。

此刻時方近午，土牆的陰影下站著一人，卻又是那聾啞老人，見了她這種身形，臉上亦滿是驚奇之色，突然看到馮碧俯首下望，他微一作勢，全身骨節起了一陣極為輕微的聲響，身軀竟也隨著這陣聲響暴縮，原來本已不甚高的身材，此刻一縮，看起來竟不滿三尺，躲在陰影裡，根本看不出來，原來這聾啞老人是深藏不露的奇士，竟將內家易筋經中的縮骨之法練到這種地步了。

馮碧俯首下望，土牆下竟有屋宇，這也是她頗感驚異的，她微皺了皺眉，玉手輕伸，點在石慧左肩的「肩貞」穴上。

這「肩貞」穴鎖骨之側，與「肩井」穴並為人身三十六大穴之一，出手若重，便成殘廢，但馮碧是何等人物，力量拿捏得是何等奇妙，玉指點住，石慧僅有一些麻木的感覺，渾身不能動彈而已，卻半點兒也不會受到任何傷害。

馮碧將石慧輕輕放在土牆上，自家身形一掠安然在那座屋宇的房頂上，敢說最靈敏的耳朵也聽不出一點聲音來。

馮碧也知道，在這種地方會有這種屋宇，裡面居住的必非尋常人物，是以她絲毫不敢大意，在房頂環視一巡之後，眼見無甚異狀，暗忖：「無論如何，我得先將她安頓好再說。」

當一個人對另一人有了真實的情感之後，往往會將那人的安危看得比自己還重，這時的馮碧全心都放在石慧身上，也許這是因為她年華已去，駐顏雖然有術，但心情的蒼老卻是無藥可救的，因此，她將石慧當作了她自己的女兒，想在石慧身上看到昔日自己的影子，這當然是年老人的悲哀，但人間無數的偉大事蹟卻往往是由這一份悲哀的愛心中產生的。

她小心地縱身下屋，雖然她懷著戒心，但她自恃身手，並未將事情看得太嚴重，因此在她縱身而下的時候，卻不經意的帶出一聲響來，她也未在意，因為這聲響太過輕微，輕微得幾乎不可能引起任何人的注意，哪知大大出乎她意料之外的是——

屋中驀然一聲輕喝：「誰？」接著一條人影電射而出。馮碧也不免一驚身形暴退，但後面卻是低牆，她不願顯得太過示弱，因此並沒有越牆而去，將身軀貼牆而立，注目一視，面色又是一變。

她再也沒有想到在這裡會遇到司馬之，但是站在她面前的人，不是司馬之是誰？她愣住了，不知該去該留。

石慧走後，羅剎仙女樂詠沙和司馬小霞也忍不住要出去，司馬之心情紛擾，卻留了下來，他一人留在這寂寞荒涼的地方，緬懷往事，自然唏噓感慨，尤其使他不能忘懷的，當然是他的伴侶馮碧。

他靜坐思往，忽然聽到一聲極為輕微的聲響，那是平常人絕對無法聽到的，但卻是夜行人所能發出的特有聲音。

他念頭都未轉，低喝道：「誰？」人隨聲起，哪知卻在房外見到他夢魂縈纏的馮碧。

兩人面面相覷，時間、空間卻變得淡了，他們彷彿又回到二十多年前夫妻負氣爭吵後又重歸於好時那種光景，但二十多年的時間畢竟一去不返，這卻也是不可否認的。

「碧妹，這些年來你好嗎？」司馬之雖然極力掩飾著他內心的激動，但從他說話的聲調聽來，他的掩飾並未成功。

他低沉著聲音又道：「以前的誤會，我早就想對你解釋，可是自從你當年負氣而走之後，我走遍天涯海角，卻再也找不到你，當年我雖然也有不對的地方，可是你——」他以一聲長歎，結束了他的話，並沒有往下再說。

馮碧目光流動，已是熱淚盈眶了，但是她卻仍然不發一言，因為那誓約在緊緊束縛著她，雖然她對昔年的事已大約知道了一些，她對司馬之的怨恨也早已淡忘，但是她又怎能對他說呢？

這時馮碧心中至為矛盾，忽然想起石慧仍在土牆上，不知道她會不會受不了那麼強烈的風而受寒，因為她此刻穴道被閉，已經不能運氣抗寒了。

馮碧一念及此，微提真氣，竟貼著那低牆遊行而上，司馬之目光緊緊追隨著他，他並不知道她此刻心中那種矛盾的情感，忽然，他看到她竟朝他一招手，於是他身形動處，也隨著她掠了上去。

馮碧上到低牆後，一轉身，極快的掠上土牆，這麼高和這麼遠的距離，她僅兩個縱身便已到達，哪知她一上土牆後，卻又大吃一驚。

原來此刻牆上一片空蕩，哪裡還有石慧的影子？

她面色慘變，司馬之也自發覺，忙問道：「什麼事？」

馮碧的目光竟然成異樣的空洞，忽然連聲長笑，笑聲中身形如隼，向牆下掠了下去，晃眼便消失了蹤跡，只剩下驚奇、失望的司馬之仍怔怔的站在土牆上，落入不可知的迷惘中。

一個情感極為豐富的人，在受了很深的刺激後，精神會失常，平時也許仍和常人無異，但稍加打擊，便會失去理性。

須知馮碧親手將石慧封閉了穴道，放在土牆上，不過片刻功夫，石慧竟失去蹤跡，這不但馮碧百思不解，又有誰能解釋呢？

當然，世上無論如何神秘的事總有一個人能夠解釋的，只是誰也不知道此人是誰罷了。

神龍巡弋

石慧被人以內家最高深的金針灸穴之法打通全身穴道，極安舒的睡著了，白非坐在對面，怔怔的望著她，心中湧起萬千感觸。

他到西北來才只數天，遇人遇事已不可謂不奇了，然而，他卻再也想不到，他會在此地遇著天龍門裡唯一的奇人，那比他父親還要高著一輩、在數十年前已傳說仙去的九爪龍覃星，也更不會想到這位神出鬼沒的前輩竟會是個聾啞老人。

「真奇怪，好像所有的奇人異客都避世隱居到這裡來了。」他暗忖，昨夜他苦追一人，發現那身手高深莫測的人竟是那曾為他們開門的聾啞老人後，他方自大吃一驚，那聾啞老人卻突然身形一動，掠起丈餘，在空中極自然的進行了一周。

白非更驚，他認得出這正是天龍七式裡的絕學神龍巡弋，最怪的是這聾啞老人在運用此式時，身手之高，竟連他父親都有所不及，而他父親卻是天龍門公認的第一高手。

這使他墜入百里霧中，迷茫不解，但是他知道這聾啞老人一定是本門的前輩，因為天下武林除了天龍門下之外，誰也不可能將這神龍巡弋一式運用得如此純熟、曼妙。

那老人向他一笑，手微招處，人又向前掠去，這次白非可不敢不跟著他，那老人也放緩了速度，是以白非便能從容的跟在他身後。

這時候，他還沒有想到這聾啞老人便是昔年以身手之快、暗器之多以及醫道之精享名天下的本門奇人九爪龍覃星，因為遠在他出世之前，江湖上就失去覃星之影，只有他的師長們在閒談時仍會時常提起這當年與掌門人最為不睦的奇人。

當然，也就是因為九爪龍覃星與當年的掌門人鐵龍白景不睦，他才會飄然遠行。可是這些事距離白非已有很多年了，白非的腦筋盡在他所較為熟悉的幾個名字裡打轉，卻未想到九爪龍身上去。

九爪龍昔年便性情孤癖，行事怪異，是以幾乎和鐵龍白景反目，他一怒之下，避居西北，那時這內功極佳的人卻仍然抗不住自然的威力，這塞外的黃土風沙，再加上水土不服，竟弄得既聾且啞。

任何一個性情高傲的人都不能忍受這些，但日子久了，他也就慢慢能安於天命，因為縱然最笨的人遲早也會知道，人力是不能勝天的。

於是他隱跡風塵，後來竟做了千蛇劍客的守門人，千蛇劍客雖絕世奇才，亦然看出這聾啞老人不是尋常人物，可是卻也未想到他竟會是那在武林中地位比他還高的前輩九爪龍。

千蛇劍客也曾試探過他，但是他既聾且啞，什麼事都裝作不知道，千蛇劍客也知道一個人如果隱姓埋名，不是有著極大的苦衷，便是傷心已極，他若不想透露自己的身分，你無論用任何方法試探也是無用，因此只得罷了。

他避世多年，世人雖未完全忘記他，他卻已幾乎完全忘記世人了，但是當他看到雲龍白非的身法時，他發覺這飄逸瀟灑的年輕人亦也是天龍門下時，他卻不免有些心動。

因為他自知已不會再活多久，他卻不願意將他在這種荒寒之地苦練多年的武林絕學在他死後便失傳，而他更不願意將這種絕學隨便傳給別人，於是在這種情況下，當他看到白非也是天龍門下時，他自然意動了，這當然也因為他對天龍門的思念以及人類無法消磨的念舊之情。

於是他才將白非引了出來，白非卻絲毫也不知道這些情形，但是他好奇心卻被引起，緊緊追在九爪龍身後。

那本是一片黃土，他也不知道自己是往哪個方向奔去，只見那聾啞老人身形忽左忽右，他心裡有些奇怪，這裡根本就是一片平野，既無道路，亦無阻礙，他為什麼都在前面轉彎子呢？

忽然，九爪龍身形停了下來，回過頭朝他一笑，白非有些惶恐的說道：「弟子是天龍門第六代傳人白非，不知道老前輩是本門哪一位師長，召弟子來有什麼吩咐？」

老人卻搖了搖頭，笑了笑，白非才記起他是既聾且啞的，於是他微一思索，竟蹲了下來，用手指一字一字的將方才話中之意簡略的寫在地上，一面忖道：「他要不認識字就糟了。」

風很大，地上的黃土不十分凝固，但白非力透指間，寫下去的每一個字都清晰可見，九爪龍覃星讚許地一笑，也在地上寫道：「你指上的功夫不錯，是誰教你的呀？」

白非有些啼笑皆非，這老人所答，竟全非他所問的，但他卻不得不回答老人的話，又寫道：「弟子的師傅，也就是家父。」他寫到這裡就停住了，因為他以為這老人既是天龍門下，斷然沒有不知道他父親的道理，這是他依著常理推測，他卻不知道，九爪龍脫離江湖時方值壯歲，此刻卻已是八十高齡了，這數十年來武林中事他全然沒有聽人說過，就連天龍門換了掌門、掌門是誰?他也不知道。

「你父親是誰？」他一笑，又在地上寫道，白非心裡更是奇怪，卻不得不將他父親的名字寫了出來，九爪龍臉上立刻現出恍然之色，寫道：「原來你是他的兒子，這孩子現在還好嗎？」

白非一愣，望著這位稱他的父親為「孩子」的老人，心中疑念更生，忖道：

「難道，他還是父親的長輩？」手一動，在地下寫下「死了」兩字。

九爪龍覃星仰首望天，彷彿在感歎著人事的變遷，也彷彿在感歎著自己的老去，白非望著他，心裡想道：「他到底是誰呢？」

覃星唏噓良久，才將自己的名字寫了出來，白非自然大吃一驚，連忙下拜，他又寫出自己叫白非來的意思，白非更是喜出望外。

覃星站了起來，突然身形如風，在那土牆上打了個轉，白非眼睜睜的望著他，不知這昔年就以行事怪異著稱的前輩究竟在弄什麼玄虛，覃星行形漸緩，終於停了下來，手掌一拂，地上的黃土竟揚起一片，白非連忙避開了，閉起眼來以免沙土落入眼裡，可是等他再睜開眼來，面前卻失去了覃星的人。

他急忙游目四顧，前後左右都沒有覃星的人影。

他不禁大駭，忖道：「難道他這些年來已練成了仙法？」這想法雖無稽，但在此情況下卻不能不讓他有此想法。

他眼光落到地上，卻見地下伸出一隻手來向他招呼，他激靈靈打了個冷戰，渾身起了一陣悚慄，卻見地下伸出的那隻手竟又縮回去了，這時他才發現，不知何時地上竟多了一個洞穴。

他才恍然知道了覃星為什麼會突然在一片原野上失蹤?而地下又為什麼會伸出一隻手來的原因，於是他急跨兩步，走了過去，借著光一看，那洞口雖極小，但下面卻似非常闊大。

他不敢貿然走下去，俯首下望，卻又看到覃星在向他招手，他雖然有些疑惑，但卻可以斷定覃星絕對沒有害他之意，因為人家如果對他不利，根本就不需要費這麼大的事。

那洞的入口是個斜坡，他緩緩走了下去，裡面竟是一個方圓幾達丈餘的地洞，覃星見他下來，又是一笑，覃星已有數十年未曾這樣笑過了，這就是人的緣分，有些相交多年的朋友之間的感情還不及乍相逢的深厚，覃星和白非之間，雖然不是友誼的關係，但這一生古怪的老人卻無緣無故的對白非起了很大的好感，這連他自己也無法解釋。

白非進了洞，放眼四望，卻見地洞的四壁滿布花紋，雖然乍看都像是極簡單而不規則的線條，但你如果仔細一觀摩，就會發現那每一個圖形之內卻含有武學中極深奧的功夫。

白非天資絕頂，他一進了這地洞，就知道覃星帶他進來必有深意，當然不肯放過機會，覃星見了他這種態度，臉上益發露出欣慰之色，身形動處，掠到洞口，手一抬，白非頓時覺得光線驟暗，幾乎伸手不見五指了，他心裡立刻又生出疑念。

「這地洞到底是誰掘的？牆上的線條雖有深意，但他為什麼要封閉洞口？這樣的光線，叫我怎麼看得出壁上的線條呢？何況這洞位於地底，若然洞口封閉，那麼在這裡的人豈不是要窒息而死？難道他不是九爪龍而是別人，叫我來此也有著其他的用意？」這到底是怎麼回事，他在疑惑之外還有些恐懼。

這不能怪他的疑心重，任何人遇著這種事情，也都不免會疑神疑鬼的。

地底之秘

約莫又過了盞茶功夫，白非的眼睛已漸漸習慣了黑暗，在這種光線下，他雖然仍不能看得出東西，但也可模糊的辨出一些輪廓來，他極小心地圍著洞穴走了一轉，突然感覺這地洞內此刻除了他以外，再無別人，那自稱九爪龍的聾啞老人，也不知在什麼時候走了，他心裡恐懼的感覺更濃，被人關在這種墳墓一樣的洞穴裡，自己連原因都不知道，他又感到有一些冤枉和奇怪，但這些感覺總不及恐懼強烈罷了。

他第一件要做的事，當然是設法走出去，於是他在黑暗中分辨那個出口，摸索走了上去，上面竟隱隱透著一些天光，原來入口之處竟是兩塊鐵板，鐵板上有並排的小孔，是以能透入光線和空氣，當然透入的光線很黯，空氣也是非常渾濁的。

他記起方才那老人和他在地面上的時候，他並沒有發現地上有著鐵板，那一定是因為上頭有著蔽掩之物，而事實上，在那麼大一片荒野中，即使有一塊鐵板，也是極難被人發現的。

他開始對這洞穴的主人有些欽佩，因為在這種地方要造成這樣一個洞穴是何等困難的事，他還不知道這個洞穴竟是憑著一人一手所建，既沒有別人幫助，也沒有任何掘洞的器具。

若以白非此刻的功力來說，他本不難舉手破去這兩塊鐵板，但此刻他心裡又起了另一種想法，他想到洞裡那些奇怪的線條，那聾啞老人對他說的話，頓時，他覺得這洞穴雖然像墳墓一樣的死寂而黑暗，但卻有值得他留戀的地方。

佛家說「魔由心生」，人們對任何一件事的看法，全由當事人的心情而定。

自古以來，從未有一人能將人類的心理透澈的明白，白非這種心理的變化，恐怕連他自己也不能解釋。

他剛想回頭往洞底走，哪知肘間突然接觸到一樣東西，他感覺到那絕不會是沒有生命的東西，又吃了一驚，模糊中望見那是一條人影，但方才他卻真實的感覺到洞穴中並沒有別人的。

頓時，他身上又起了一陣慄慄，厲喝道：「你是人是鬼！」「嗖」的一掌向那人劈去，哪知那人影一晃，白非眼前一黯，又失去了那人的影子。

白非可真有些沉不住了，又想跑出去，他這裡心中正在忐忑不定，那時眼前卻突然一亮，光線驟明，抬頭一看，那洞口的鐵板蓋不知道在什麼時候竟又被人打開了。

隨著這光的突強，白非的眼睛禁不住眨了一下，當他睜開眼睛時，那聾啞的老人又赫然站在他面前，帶著一臉和藹的笑容。

這笑容使得白非心中的恐懼大為減少，然而卻仍禁不住奇怪這老人為何會突然出現，他哪裡知道這老人根本未曾出洞半步，白非所以看不到他的原因，僅是因為他始終跟在白非身後，而以白非那種聽覺，也不能體察到而已。

這時候，白非的心思才回轉過來，知道人家對自己絕無惡意，若不然，自己有十個也給人家宰了，還會等到現在？

他畢恭畢敬的向覃星低下頭去，但他對這整個事，仍然有些不瞭解的地方。

原來九爪龍覃星性格特奇，昔年和天龍門當時的掌門人也就是將天龍門一手革新的奇人鐵龍白景反臉成仇，一怒絕裾而去，聲言自己將來若不能另立一個比天龍門強盛百倍的宗派，誓不回中原。

哪知他遁跡塞外後，才知道事情並不如他想像般容易，心灰之下，竟在這片荒原下掘了個洞穴，滿儲乾糧，自己竟在這暗無天日的地底苦研武學。

這段日子裡，他真是受盡了苦，他一入洞穴，不等那準備半年之用的乾糧吃完，絕不出洞，但是地底陰濕，那些乾糧怎能放那麼久？因此他一年之內倒有十個月是在吃著已發黴腐壞的糧食。

他內力本有根基，吃著這些常人不能吃的苦，起初還好，可是到後來身體卻漸弱，這種大自然侵蝕的力量，絕不是人力可以挽回的，直到後來他失去聽覺，喉嚨也啞了，可是他卻由此探究到武學中最深奧的原理，只是有些地方他已沒有足夠的精力將這些原理放入真正動手時的武功裡去。

他在這窮荒之地一待數十年，昔日的傲骨雄志，早就被消磨得不知跑到哪裡去了，武林之中代出新人，上一輩的人就每多是因為自己壯志消磨而讓下一輩的去爭一日之短長。

他在地穴壁上所畫的線條，就是武學之中原理的演變，只是那些線條雖極為繁複，但卻僅僅是一個象徵式的形象而已，若非天資絕高的人，又怎能體會得出來？覃星之所以看中白非，除了天龍門的淵源外，也是看出他有著絕高的智慧。

覃星將這些告訴白非之後，白非不禁竊喜自己的遇合，對那些線條，他雖只匆匆看了幾眼，但他確信像九爪龍覃星這樣的武林奇人，他所重視的東西必定不會差的。

覃星又寫道：「這類武學的絕奧原理能否領悟，完全要看你的造化，幾時能領悟，也不能斷言，你且在這裡暫住一個時期，別的事也都暫且放下——」寫到這裡，他含有得意的一笑，原來他已將白非與石慧的事全看在眼裡。

白非臉一紅，心裡卻不禁泛出一種難言的滋味，任何一個初嘗愛情滋味的人，驟然離別愛侶，心情之苦，是難以描述的。

但是他終究靦腆得很，怎好意思說出來？覃星望著他的臉一笑，這年輕人的心事，飽經世故的他怎會看不出來？

於是他寫道：「等天亮的時候，你去看看她也未嘗不可。」他手指一停，望了白非一眼，看到他臉上露出的那種害羞而又高興的笑，又接著寫道：「只是你和她說完了話，可立刻要回來，這種武學之道，你在研習時切切不可想別的心事。」

白非肅然答應了，九爪龍微微一笑，多年的心事至此方了，他當然高興得很，站起身來，望了這極可能繼承他衣缽的年輕人幾眼，飄然出洞去了。

白非等到曙光大現，才走出洞去，依著方才來的方向，剛走了兩步，猛然憶起回來時可能找不到這洞穴了，正想作一個記號，驀然又想及方才覃星，來時為何要在地上彎曲行走的理由，低頭一望，發現每隔丈餘，地上就嵌著一粒圓徑寸許的彈丸，方才覃星就是依著這些彈丸行走的，心中恍然，對覃星那種在黑夜中仍能明察秋毫的眼力，不禁更為佩服。

他剛回到土牆內的屋宇，覃星已迎了出來，告訴他石慧走了，並指給他石慧去時的方向，也立刻跟蹤而去，哪知在那小鎮上，他看到一事幾乎使他氣死。

原來他到那小鎮的時候，第一眼觸入他眼簾的就是石慧正和一男子極為親熱的談著話，他當然不會知道那男子是石慧的父親，頓時眼前發花，幾乎要吐血，嫉妒乃是人類的天性，這種天性在一個男子深愛著一個女子時表現得尤為強烈。

他立刻掉頭而去，發誓以後再也不要見到她，他氣憤的暗忖：「這種女子就是死了，也沒有值得可惜的。」

恍然而悟

但是當覃星將昏迷不醒的石慧也送到那地穴裡時，他的決心卻搖動了，愛心不可遏止地奔放而來，遠比恨心強烈。

石慧在沉睡中，女子的沉睡在情人眼中永遠是世間最美的東西，白非雖然置身在這種陰暗的地穴裡，但望著石慧，卻宛如置身仙境。

但是他的自尊心卻使得他愛心愈深、恨心也愈深，他每一憶及石慧在路旁與那男子——當然就是她的父親——那種親熱之狀，心裡就彷彿突然被一塊巨石堵塞住了，連氣都透不過來。

白非心中思潮翻湧，一會兒甜，一會兒苦，不知道是怎麼個滋味，突然，他彷彿看到石慧的眼波微微動了，長長的睫毛一閃一閃的，他知道她快要醒了。

他立刻站了起來，發現穴口的門還沒有關，掠過去關上了，洞穴裡又變得異樣黑暗，他聽到石慧動彈的聲音，心裡恨不得立刻跑過去將她緊緊抱在懷裡，問問她怎會變得這副樣子，是不是受了別人的欺負？

但是男性的自尊與情人的嫉妒卻不讓他這樣做，他下意識的走到土壁邊，面壁而坐，心中卻希望石慧會跑過來抱著他，這種微妙的心理，非親身經歷過的人是無法體會得出的。

石慧醒了，睜開眼睛，她發現眼前亦是一片黑暗，和閉著眼睛時沒有多大的分別，這因為她第一次看到的是面前空洞而暗黑的洞穴。

她一驚，幾乎以為自己已經死了，下意識的伸出手，用牙咬了一口，卻痛得差一點叫出聲來，在這一剎那，她被迷前的經歷都回到她腦海裡，那奇詭的天赤尊者手中的紅布，在她腦海裡也仍然存著一個非常深刻的印象。

她悚慄未退，驚悸猶存，不知道此刻自己又遇著了什麼事。

「難道我已被那個醜和尚捉來？」她又下意識的一摸頭髮，滿頭青絲猶在，她不禁暗笑一聲，但立刻又緊皺黛眉，暗忖：「現在我竟是到了什麼地方呀？怎麼這麼黑洞洞的？」

她緩緩坐了起來，這時她的眼睛已漸漸習慣了黑暗，但等到她發現她處身之地竟是一個洞穴時，她眼前又像是一黑，虛軟的站了起來，眼角瞬處，看到一人模糊的背影，呀的驚喚了起來。

白非知道她驚喚的原因，但是也沒有回頭，石慧益發驚懼，一步步的往後退，忽然她看到那背她而坐的人背影似乎很熟悉，又不禁往前走了兩步，心頭猛然一跳：「這不是白非哥哥嗎？」

縱然世人所有的人都不能在這種光線下認出白非的背影，但石慧卻能夠，這除了眼中所見之外，還有一種心靈的感應。

石慧狂喜著奔了上去，嬌喚著白非的名字，但白非仍固執的背著臉，故意讓自己覺得自己對石慧已沒有眷念，但心裡那一份痛苦的甜蜜，卻禁不住在他雙手的顫抖中表露出來。

走近了，石慧更能肯定這人影就是白非，她甚至已能看到他側面的那種清俊的輪廓，她伸出想擁抱似的臂膀，然而手卻在空中凝固住了。

他為什麼不理我？她傷心的暗忖：「他走的時候也沒有告訴我，這是為著什麼呢？」想來想去，她覺得自己沒有一絲對不起白非的地方，只有白非像是對不起自己，心裡不覺一涼。

她悄悄縮回手，看到白非像尊石像似的動也不動的坐著，甚至連眼角都沒有向她瞟一下。

她無法瞭解白非此刻的心境，她也不知道白非此刻心中的顫動比那在和風中的落葉還厲害，因為她根本不知道白非為什麼會對她如此的原因。

誤會往往造成許多不可寬恕的過失，石慧負氣的背轉身，遠遠坐在另一個角落裡去，忖道：「你不要理我，難道我一定要理你嗎？」但心裡也像堵塞著一塊巨石，恨不得放聲吶喊起來。

也不知過了多久，白非的心早已軟了，他安慰著自己：「慧妹絕對不會有別的男人的。」但又不好意思走過去找她，無聊的睜開眼，望著土壁，突然想起覃星對他說的話，不禁又暗罵自己：「我還算個什麼男子漢大丈夫，為著這些小事，就恁的難過起來，竟將眼前這麼高深的武學原理都棄之不顧，若被人知道，豈非要被人家笑罵？」

於是他鞭策著自己，去看那壁上的線條，但光線實在太暗，他根本無法看得太清楚，因為那條線是極為繁複的。

「這麼暗我怎能看得清，若看不清我又怎能學得會？」他後悔方才沒有對覃星說，但是他仍不放棄的凝視著，只是心中並無絲毫體會。

有些地方他看不清，他偶然會用手指觸摸，那些線條的凹痕正和手般完全吻合，顯見得這些線條都是覃星以金剛指之力畫上去的。

他讓他的手指隨著這凹痕前進，漸漸，他臉上露出喜色，手指的觸覺漸與他心意相通，許多武學上他以前不能了覺的繁複變化，此刻他竟從這些線條微小的轉回中恍然而悟！

他用心地跟著這線條的凹痕搜索下去，像是一隻敏銳的獵狗在搜索著獵物，他發現這些線條竟是完全連貫在一起的，也發覺了覃星為什麼不在地穴中留下光亮的原因，因為這根本不需要眼睛去看。

昔年覃星苦研武學，一旦貫然，就將心中所悟用手指在壁間留下這些線條，武學上的這些深奧之理只能意會而不能言傳，更不是任何文字可以表達出來的。

此刻白非意與神通，自然忘卻了一切事，只覺得他手指觸摸到的是一個包涵無盡的深淵，他發瘋似的在裡面探索著，求知的渴望使得世上任何事此刻都與他無關了。

漸漸，他站了起來，隨著這條線走動著，線條的每一個彎曲都能使他狂喜一次，因為那都替他解答了一個武學上的難題。

石慧吃驚的望著他，不知他到底怎麼了，又不好意思問，這樣竟過了一天，石慧餓得很難受，她本可設法出去，但不知怎麼，她卻又不願意離開這個陰暗的穴洞，因為白非還在裡面。

白非卻什麼也沒有感覺到，他的手始終舉著，卻並不覺得累，絲毫沒有吃東西，也不覺得餓，石慧關切的跟著他，他根本沒有看到。

線條到了後面更見繁複，白非心領神會，手動得更怪了，石慧不知道是怎麼回事，心中益發吃驚，暗忖：「難道他瘋了？」關切之情再也按捺不住，伸手想揪著白非亂動著的手臂。

哪知她手方動，忽然覺得白非的另一隻手向她推來，她本能的一閃，哪知白非的手臂卻倏然一穿，竟然從她絕對料想不到的部位穿了出來，那力道和速度竟是她生平未經的。

最奇怪的是，她連躲也無法躲，駭然之下，連念頭卻來不及轉，「登登」連退兩步，終於一跤跌倒地上，幾乎爬不起來。

她心裡又驚、又怒，驚的是她從不知道白非的手法這麼奇特和高妙，怒的是白非竟會向她動手，她睜著大眼睛望著白非，白非卻一點也不知道，心神仍然沉醉於那條線條之中。

她不知道此刻白非已進入心神合一的最高峰，那正是學武之人夢寐以求的，她驚怒之下，天生的嬌縱脾氣又犯了，身形微動，嗖的躍了起來，嬌喝道：「你瘋了嗎？」玉掌一揚，又待劈下。

哪知手腕倏然一緊，她金絲絞剪，手腕反穿，想脫開，但那人的手卻像鐵鑄似的，任她以再大的內力相抗，但發出的力道卻像一粟之歸於滄海，全消滅於那人的幾隻手指裡。

這時，她才發現面前已多了一人，也不知從何而來的，手指雖緊緊抓著石慧的手，臉卻轉向另一邊，帶著驚奇而狂喜的神色，望著白非。

驀然，白非的手指由緊而緩，漸漸竟像要停頓了下來，那人的神色也跟著一變，抓著石慧的手也抓得更緊，石慧痛得眼淚都快流出來了。

那人自然就是覃星，他關切而焦急的望著白非，良久，白非的手指又緩緩而動了，他才長吐了口氣，全身卻鬆了下來。

石慧也覺得手腕一鬆，她趕緊掙脫，身形暴縮，退後五尺，望見有天光露下來，抬頭一望，那地穴入口的鐵蓋果然未曾關上，她心中氣忿，嗖的從那洞中掠了出去，白非和覃星此刻正沉迷於兩種性質雖不同的極大喜悅之中，對她的舉動根本沒有注意。

平平十日

在期待著的人們，十天雖然是一段並不算短的時間，但時日畢竟是在人們的邊談邊飲和一些小的爭端中溜走了。

千蛇之會的會期也只剩下一天，人們的心情開始由鬆懈而又緊張起來，期待著的事也終究要來到人們的眼前。

靈蛇堡並不是個為大家所熟悉的地名，其實這根本不算是個地名，這些來參與千蛇之會的武林豪士若不是有人帶路，讓他們找一年也未必找得到。

由小鎮出鎮東去的路上，這天人頭擁擠，俱是些豪氣飛揚的漢子，把臂而去，這自然都是千蛇劍客邀來的武林豪士。

他們大多三五成群，各自紛紛議論著，這靈蛇堡究竟會是怎麼樣一個地方，千蛇劍客會是怎麼樣的一個人。

這其中不乏江湖上的知名之士，也有許多是綠林中的成名巨盜，金剛手伍倫夫、火靈官以及郭樹倫等人也在其中，只是遊俠謝鏗及六合劍丁善程兩人卻已不知去向了。

司馬之落寞的從那房屋裡走了出來，心情彷佛又蒼老了不少。樂詠沙、司馬小霞也滿懷不高興的跟在他身後，其實白非和他們不過只是萍水相逢，離合本應無甚牽掛，但白非一去，他們卻像是覺得少了什麼似的，精神也提不起來了。

武當劍客石坤天和司馬之匆匆談了幾句話，就去尋找他的妻女、白非和石慧的下落，因為是無人知道丁伶和馮碧的去向，直到現在也還是個謎，有些多事的武林人物不免在尋找這些日前曾在小鎮上揮雨興風的人物，但除了白髮蒼然的司馬之和那兩個易釵而弁的少女之外，他們也沒有見到其他的人。

其中還有一人使司馬之覺得頭痛，那就是他從石坤天口中聽到的天赤尊者，他也知道這位奇人武功之詭異高深，於是天赤尊者此來的目的就更值得人懸念了。

行行重行行，這些江湖豪士雖然都是些筋強骨壯的練家子，但腳不停步的走了這樣久，大家也不免覺得有些勞累。

忽然，眼尖的人看到前面有高高的屋頂，精神一振，招呼著後來的人道：「前面想必就是靈蛇堡。」大家都加緊了腳步，向前急行，哪知到了那裡一看，卻僅僅是一座臨時搭起的竹棚。

這竹棚共分四處，裡面擺著數百張桌椅，規模雖不小，但大家卻都覺得有些失望，名震江湖的千蛇劍客的靈蛇堡竟是個這樣的竹棚，滿懷興奮而來的人們自然覺得有些煞風景。

司馬之卻深知千蛇劍客邱獨行的為人，知道這絕不會就是靈蛇堡，果然，棚裡走出數十個長衫的精壯漢子，道：「這裡是眾位的歇腳之處，諸位先打個尖，再請上路。」

直到現在為止，這些不遠千里而來的江湖豪士看到邱獨行本人的可說是絕無僅有，但大家對這武林奇人卻都更抱著一份好奇心，在好奇心之中，又更存有一分欽慕與仰望，司馬之暗忖：「邱獨行這些年來，果然又做了一份事業。」

這些江湖豪客聚在一起，其熱鬧可想而知，司馬之混跡其中，冷眼旁觀，心裡有些奇怪：「難道這些人裡就沒有人昔日曾經結下樑子的？」他卻不知道邱獨行為此事早經計慮周詳，若有結下樑子的，也早就被他警告，在會期之中，有多大的樑子也得暫時揭過，否則就是沒有將他邱獨行放在眼裡。

言下之意，當然就是誰要在會期之中尋仇，誰就是要和他邱獨行過不去，是以有的仇人見面，雖然各個眼紅，但也將胸中之氣壓了下去，因為大家自忖力量，誰也不願意和邱獨行過不去。

千蛇劍客雄才大略，雖沒有以天下為己任的那股胸襟，卻大有在武林中稱尊之勢，古往今來，有哪一個奸臣賊子不是存著雄才大略的？

眾人談笑風生，眼光忽然不約而同的被一人所吸引，那人長衫飄飄，俊逸出塵，卻正是眾人驚鴻一瞥而已念念不忘的岳入雲。

他瀟灑的走了過來，能在這種場合中吸引別人的注意，他自己也覺得很受用，舉止越發安詳、飄逸，朗聲說道：「家師已在靈蛇堡裡恭候各位大駕。」他長笑了一聲，又道：「此地雖然荒涼，但此時金風送爽，已然新涼，各位如不覺累，還是早些趕到是好。」司馬之點頭暗讚，這岳入雲果然是個人材，回頭看了司馬小霞一眼，心中又是一動。

父母們為了女兒的心，永遠比子女本身急切。

眾人哄然一聲，紛紛離座，這岳入雲的一舉一動，彷彿都存著一種自然懾人心腑的力量。

司馬之暗歎一聲，也隨著離了座，有認識他的人，知道他就是白羽雙劍，都恭謹的向他躬身為禮，有的不知道他的，卻在奇怪這看來顢頇的老頭子為何會受到這些人的尊敬，對於這些，他都平靜的應付著，像是什麼也沒有放在他心上。

但此刻他的心裡卻遠不是他外面的那麼平靜，此去靈蛇堡，他抱著極大的決心，要將二十多年的恩怨作一了斷。

雖然他曾經想過：「過去的事就讓他過去吧，何必重又提起，揭起心中的瘡疤。」但他見了馮碧後，他卻不再如此想了，二十多年的時光，愛侶分離的痛苦，是絕對需要償還的。

他緩緩跟在眾人身後，他知道憑著自己的力量來和現在的千蛇劍客相抗，萬萬難及，但江湖男女，恩怨為先，成敗利害，又豈能放在心上?縱然明知不成，也要試上一試的。

人聲喧嘩，突然有人引吭高歌，歌聲高亢激昂，作金石聲，與風聲相和，更是動人心腑。

司馬之仰頭四顧，二十多年前的豪氣又倏然回到他身上。

靈蛇堡裡

前面竟是一片叢林，在這一片黃土之上，突然見著青蔥之色，眾人精神又是一振，岳入雲從容前行，笑指那片叢林道：「諸位久居中原，文物風采，景色宜人，自然不會將這小樹林看在眼裡，可是在此地說來，這樹林可費了家師十年的心血哩。」

他傲然四顧，又道：「諸位遠來，小可先去通知一下，家師當親迎諸位大駕。」說罷自去，諸人但見身形動處，如雲龍經空，又不禁在心中暗讚：「此人果然是人中之龍。」

領首先行的是京城名鏢師金刀尚平、子母鐵膽武家琪以及以地趟刀法成名孫氏三兄弟，這些在兩河一帶都是響噹噹的人物，他們昂首而行，大有要在此揚名之意。

他們看到樹林裡迤然走出一個消瘦文士，向他們抱拳施了一禮，孫氏弟兄及尚平也淡淡還了一禮，武家琪卻正在高聲笑談，根本沒有將那人看一眼，那人一笑走過去了，也未在意。

那消瘦的中年文士沿途向眾人行禮，這些江湖豪士大多眼高於頂，最多也只是向他淡淡還了一禮，並沒有什麼人對他特別注意。

他神色絲毫未變，臉上帶著一種似乎是故意做作出來的和穆神色，眼色動處，和一人打了個照面，神色卻突然一變，雖然瞬即鎮靜了下來，但臉上的肌肉卻仍然不住輕微地顫動。

金刀尚平等人入了樹林，林內是一條碎石鋪成的甬道，蜿蜒而入，裡面就是靈蛇堡，眾人仰首望去，只覺得堡外高牆如城，堡內屋宇的頂連櫛比如鱗，竟看不出那堡究竟有多大。

子母鐵膽武家琪支起大拇指讚道：「端的是個好所在！」抬頭望見岳入雲正肅立在堡門之前，急行兩步，趕了過去，笑道：「有勞岳少俠在此等候。」

岳入雲一笑道：「諸位遠來，小可理應如此，諸位千萬不要客氣。」

武家琪好像人家是專為接他一人的，心中受用之極，笑道：「令師邱老前輩呢？」

岳入雲笑道：「家師早已出林恭迎各位的大駕去了。」

武家琪一愕，道：「兄弟並沒有看到呀？」

回頭詢問地望了金刀尚平一眼，得到的也是一個茫然不解的表情，岳入雲又笑道：「諸位也許沒有注意到罷了！」話中隱隱露出一些譏諷的意味。

武家琪等人也覺得有些尷尬，方自無言可發之際，岳入雲已遙指甬道的另一端說道：「哪，家師那不是來了嗎？」

眾人連忙回頭去望，甬道上滿是人，也分不出誰是那名震天下的千蛇劍客邱獨行來，又回過頭，岳入雲已朝前面迎了過去。

大家心裡有數，知道岳入雲所迎的一定就是千蛇劍客，一個個都睜大了眼睛去看，岳入雲肩頭不動，人卻如行雲流水般，雖然絲毫沒有一些疾行的樣子，但速度卻快得很，眾人眼睛一動，岳入雲已在遠處停了下來，朝著那邊並肩而行的兩人深深施下禮去。

子母鐵膽武家琪，以名顧之，就可以知道他必定是暗器名家，眼力自是不凡，他遠遠望去，見那兩人一個是方才他正在奇怪別人為什麼會對他那麼恭謹的顢頇老者，另一人卻是方才由林中施然而出的那個消瘦的中年文士。

他這一驚卻是非同小可：「難道這兩人裡竟會有一人是千蛇劍客？」不但他

如此想，眾人又有誰不在奇怪著。

岳入雲跟在那中年文士後緩步行了過來，那中年文士向身側的老者笑道：「一別二十年，我們都已老了，司馬兄，小弟這二十多年來一無所成，所堪喜者，只是收了個好徒弟。」

那老者當然就是司馬之，他和邱獨行目光相對時，心裡就平添了幾分怒氣，但以他的身分地位以及年紀來說，都不再允許他像少年時的那般任性了，他只得將心中的怒氣強自壓了下來。

此刻他也笑道：「岳世兄果然不是凡品，邱兄倒要小心栽培他。」他含有深意地一笑，回頭望著岳入雲道：「你也該小心聽從師傅的教訓才是！」他將兩個「小心」都加重了聲調說出來，那表示在話中還有著其他的含意。

岳入雲故意裝作不懂的點首道：「老前輩的教訓極是。」

邱獨行也頻頻點首道：「對極了，對極了！」

司馬之又暗叱一聲，忖道：「這師徒兩人，倒像是一個模子裡鑄出來的。」

千蛇劍客前行了兩步，向那些以詫異的目光望著他的人們微一頷首笑道：「諸位遠來辛苦，就請到堡裡休息吧！」

子母鐵膽看來看去，看不出他有什麼出奇的地方，當然想到「人不能貌相」這句話，對方才自己的態度，覺得有些不好意思。

眾人一進堡，眼界又是一寬，原來這靈蛇堡建築的式樣極為奇特，一進堡門就是一片極大的廣場，這和任何房屋建築的格式都很不相同，這片廣場全是細沙鋪地，四邊雖然沒有任何擺設，但武林中人一望而知，這一定是個練武場子。

眾人通過廣場，後面是一片極長的台階，上了台階卻是一個大廳，這廳面積甚大，令人吃驚，司馬之暗忖：「看來這邱獨行重建靈蛇幫早有深心，是以才會蓋出這種房子來！」

大廳裡擺著數十張桌面，邱獨行擺手笑道：「在下略備水酒，為各位洗塵。」

他極為豪爽地一笑，又道：「我們大家都是武林男兒，也不必講究什麼俗套，隨意坐下就是了。」

他這番話又投了大家的脾胃，大家對這千蛇劍客不自覺地又增加了幾分好感，司馬小霞和羅剎仙女樂詠沙嘟著嘴跟在岳入雲身後，岳入雲笑道：「兩位姑娘也隨意坐吧。」原來他也看出來了。

眾人對「千蛇劍客」本來都還有些戒心，此刻一見，他卻是個和藹可親的普通人，不覺連這點戒心都消失了，隨意吃喝起來，這當然也是精豪男兒的本色，天大的事且放過一邊，今朝有酒今朝先醉了再說，邱獨行眼光四掃，向司馬之笑道：「想昔年你我，還不是如此。」

司馬之一笑，心中又湧起許多感觸，對於邱獨行，雖然有時對他恨如切骨，卻又有時感到他仍不失為一個可愛的人。

邱獨行站了起來，並沒有說話，但眾人的談笑之聲卻自然而然的靜了下來，他才說道：「在下這次請各位來，用意各位想必都已知道了，願意協力同心將這靈蛇幫發揚光大的，自是極好，無論能否取得這十二堂香主之位，在下總是傾心結納，不願意的哩——」他笑了笑，又接著說話：「在下也不便相強，大家歡聚數日，便可自去，雖然此來並無甚收穫，但群雄相聚，也未嘗不是人生一大樂事。」

他話說得極為婉轉動聽，眾人肅然動容，齊聲喝采，他一笑又道：「只是現在喝酒要緊，別的事，等會兒再說吧。」

眾人又哄然喝采，酒喝得更痛快，對於收攏人心這一點，邱獨行確實做得極好，司馬之又暗忖：「此人之才，用來治世，豈非絕佳？」但自古以來，有治世經國之才，並不用來治世經國的大有人在，又豈只邱獨行一人而已？

酒足飯罷，岳入雲站了起來，朗聲說道：「家師隱跡邊荒數十年，眼見中原武林人材凋零，想起原因來，大半是為了彼此間的仇殺，家師便時常對弟子說：照這樣下去，數十百年之後，武林人士從此就要在人間絕跡了。」他說到這裡，便停了下來。

他這話的確非常中肯，也非常切合實際，是以在他停頓下來之後，大廳裡仍然是一片靜寂。

他滿意地一笑，又道：「是以家師便想創立一個宗派，將天下武林人物都聯合起來，藉以保存武林一脈，也就是這樣，家師才有重建靈蛇幫之意。」司馬之暗忖：「他的胃口倒不小，竟想將天下武林人物一網打盡。」

「家師這次重建靈蛇幫，準備分為十二個香堂，各堂的香主，以各人的武功來定。」他笑了笑又道：「若有人武功能勝得了家師的，家師也願意將幫主的位子相讓。」

他這麼一說，群豪又紛紛議論起來，岳入雲輕輕咳嗽一聲，又道：「大家都是武林中人，想必都不會顧慮到腸胃的問題，所以雖是剛吃過飯，也不妨到練武場去走走。」

他此語一出，群雄自是哄堂大笑，有的竟先紛紛離座，準備到練武場上去一顯身手，大家帶著三分醉意，興致也就格外高些，邱獨行面帶微笑，他是不是在想著「天下英雄，皆入我彀中矣？」

群豪一出，竟將這麼大的一個練武場的四周全站滿了，當然誰也不會注意到這些人裡有沒有生面孔，金刀尚平望了站在他旁邊的人一下，見他是個毫不起眼的尋常漢子，面色蠟黃，像是帶著病容，年紀看來也只有三十左右，但身材已佝僂著，彷彿連腰都直不起來。

金刀尚平心裡奇怪：「這是哪一路人馬？」有些蔑視之意，因為衡他這副外形，連普通壯漢的一拳都怕禁受不起，卻又怎能在這天下英雄群聚之地與人爭一日之短長呢？

其實在這許多人裡，除了這面色蠟黃的漢子之外，還有三兩個任何人都不認識的人物，只是他們混雜在這許多人中間，誰也不會發覺他們的異處。

司馬之沉思著，並沒有離開座位，他不知道該怎麼樣向邱獨行清算那筆舊賬，有些事想來雖易，但真如身臨其事，做起來卻沒有那麼簡單了。

樂詠沙和司馬小霞雖然也有心事，但她們畢竟年輕，見著這種場面，心裡卻高興得很，彷彿心裡有著什麼東西在動，癢癢的。

天已入黑，百數十個壯漢燃起火把，插在練武場四周，又在練武場當中兩丈方圓處插了一個小圈子，是以場上並不黑暗，邱獨行側首微笑道：「司馬兄，前往一觀如何？」司馬之無可無不可地站起來，卻見一人由外面極快地奔入。

那人也是個長衫壯漢，步履之間，顯得身手頗為矯健，一進來就在岳入雲耳側說了兩句話，岳入雲劍眉一揚，目中現出精光，微微點了點頭，又走到邱獨行身側附耳低語了兩句。

邱獨行面色亦一變，倏然站了起來，方自往外面走了兩步，又回頭向司馬之道：「司馬兄，等會怕有熱鬧好看了。」

司馬之心中一動，忖道：「邱獨行的面色居然變了，這一定又有什麼大事發生，他說有熱鬧好看，恐怕是真的了——」

第五章　雲龍入雲

樂聲怪異

驀地，外面傳來一陣怪異的樂聲，有些人恍然憶起，這樂聲正是那坐在紫檀木桌上的怪和尚的徒弟所發出的，他們想到那天的事，心裡都很奇怪。

邱獨行匆匆迎了出去，司馬之也漫步走出廳來，暗忖道：「外面想是有著什麼厲害角色來了。」不禁也注意地望著門口，耳中聽著那怪異的樂聲，正自有些不耐，忽然想起一人。

「來的難道是天赤尊者？」他暗忖著，眼光動處看到邱獨行和一個人並肩走著，邱獨行身材雖不甚高，但也不能算矮了，但和那人並肩而行，卻只齊到那人的肩下。

那人披著火紅色的袈裟，一條頸子又細又長，看起來跟假人似的，不正是名動武林的天赤尊者嗎？

司馬之也不禁有些吃驚，暗忖：「怎麼這魔頭也來了？」他出道不晚，但在他出道時天赤尊者早已名聲顯赫，而且已隱跡了，哪知事隔數十年，這魔頭卻又在中原武林露面。

場中群豪，都被他的目光所吸引，這麼多人竟沒有一人發出聲音來，天赤尊者滿露精光的怪眼四掃，怪笑著說道：「好極了，想不到邱檀越這裡竟有如許多人在。」不但那聲音如夜梟般刺耳，那種說話的樣子，更令人覺得頭皮發炸。

這時候，在場中東南角上並肩而立的兩個瘦小漢子，臉上露出憤恨的表情，這兩人面目陌生，似乎也不是武林中的成名人物。

天赤尊者身後，並排而行的八個和尚仍在不停地吹奏著樂器，另外四個身態婀娜的僧人也仍舉著紫檀木桌婀娜而行。

天赤尊者怪笑著，走到大廳門口，望了司馬之一眼，司馬之也恰巧在望著他，兩人目光相對，各自為對方眼中神光所攝，天赤尊者不禁驚忖：「這人內功怎麼如此強，我一別中原，想不到中原武林在這些年裡還真出了幾個好手。」

他身形方自站定，那四個僧人又嫋嫋走了上來，將那張紫檀木桌放在廳門，四人就分別站在桌子的四角，天赤尊者一邁步，眾人眼前一花，天赤尊者已平平穩穩的坐在桌上。

司馬之和邱獨行俱是識貨之人，見天赤尊者露了這一手，也有些吃驚，岳入雲急行兩步，站在前面，朗聲道：「又有貴客前來，敝堡實在榮幸得很，這位高僧就是數十年前已名動天下的天赤尊者，諸位想必都有耳聞吧。」

群豪果然又是哄然，那天赤尊者面上露出得意之色，箕踞在桌上，場中人頭濟濟，但中原武林群豪似乎都未曾放在他眼裡。

司馬之極為不悅地哼了一聲，邱獨行神色之間卻對他頗為恭謹，司馬之暗忖：「邱獨行這些年來做人的手段又高明了一些。」司馬小霞瞬也不瞬地望著天赤尊者，這天真的女孩子，被他這種怪異的行徑，激發了很大的好奇心。

其實此刻場中群豪，又有哪一個不是目光炯炯的在注視著天赤尊者，天赤尊者做的這種排場，怕也就是要引起別人的注意吧。

須知人類都有一種喜歡別人注意的天性，有些成名人物故意作出避世的形態，還不是借此標榜自己的身分嗎？

當然，有些確是遭遇了很大打擊和挫折，或是真正看破世情的，那可不作此論了。

千蛇劍客緩緩走到一個場中群豪都可以容易看得到的地方，緩緩舉起雙手，朗聲說道：「比武較技雙方動手，名雖是點到為止，但卻難免要傷和氣的，這就失去了這千蛇之會的原意了。」他笑了笑，接著說道：「因此，各位不妨各獻絕藝，卻不必動手過招。」他略為停頓了一下，目光四轉，又道：「這樣有人一定會說：武學一門，制敵為先，若不動手過招，怎分得出強弱。這話雖然對極了，但功力的深淺卻無法強求，兄弟雖然無能，但這裡盡多武林高手，他們的眼法量無差錯的。」

盤坐在紫檀木桌上的天赤尊者，怪笑著道：「對極了，對極了，邱檀越的話果然超人一等，老衲第一個贊成。」

場中群豪不免竊竊私議，邱獨行朗笑道：「天赤上人既然認為此議可行，那麼就請上人作大家的裁判好了。」

「好極了，好極了，各位就請快施絕技吧，老衲足跡久未至中原，此番卻可以大開眼界了。」他竟然一口答應，言下大有此地除他之外再沒有一人可以擔當起這任務之意。

司馬之微微一笑，退後了一步，邱獨行笑道：「司馬兄也是方家，此舉也要多仗法眼。」

司馬之笑道：「我可不行。」

天赤尊者閃著精光的眼睛，向他直視著，說道：「這位施主未免太客謙了，老衲眼若尚未昏花，就憑施主的這一對眼睛，也該是武林中一等一的高手。」

司馬之一驚：「這和尚果然好眼力。」這些年來，他虛懷若谷，眼中神光已儘量收斂起來，甚至已與常人無異，卻被這和尚一眼看出來。

場內群豪議論之聲雖不絕，卻仍沒有一人出來亮相的，在這種天下英雄群豪的場面下，自然誰也不願意第一個出來。

夜風吹得四面火炬上的火焰搖曳而舞，於是場內的光線也在波動著，使人有一種忽明忽暗的感覺，盤坐在紫檀木桌上的天赤尊者，此刻看起來像是破廟裡泥製的偶像。

他似乎有些不耐，敞開喉嚨道：「各位都是玉，先得拋塊磚頭出來引一引。」他雖非中原人士，對這句「拋磚引玉」的成語引用得倒還未離譜，他朝那四個站在他桌子旁的僧人微微比了個手勢，又道：「各位既然不肯先出來，那麼老衲就叫小徒先出來獻醜。」他怪笑一聲，又道：「各位就把他們算做引玉的磚頭好了，可不要放在心上。」

他說話的聲音很快，口音又難懂，場中大多數只聽到他嘰哩咕嚕的說了一大篇，根本不知道他在說些什麼，卻看到站在那張紫檀木桌旁的四個僧人一齊走了出來，走路時居然一扭一扭地，寬大的紅色袈裟起了一陣極好看的波動。

司馬小霞和樂詠沙對望了一眼，暗笑忖道：「這四個和尚走路比我們還像女人。」場中的群豪也在暗笑：「這四個哪裡是和尚，只怕是尼姑吧。」但望了天赤尊者一眼，誰也笑不出來。

那四個僧人——僧人是包括和尚、尼姑的意思——婀娜的走到場中，在那小的火炬圈子旁邊停了下來，將寬大袈裟的下擺撩到腰上，四人相背而立，眾人屏息靜氣的望著，不知道他們在弄什麼玄虛，不過天赤尊者的徒弟玩意兒總不會壞吧。

大家心裡都有這種想法，於是都睜大了眼睛去看，只見那四個僧人的頭忽然往後面彎了下去，越彎越低，漸漸頭已碰著地，群豪噓了一口氣，暗忖：「這四個尼姑骨頭好軟。」

哪知他們頭碰著地後，還不算完，漸漸，鼻子也貼著地，頭竟由胯下鑽了出去，身體竟弓成了一個圓圈，眾人眼睛一花，不知怎的，四人竟面對面的站了起來，眾人又噓了口氣，大聲喝起采來。

司馬小霞悄悄向樂詠沙道：「這四個傢伙敢情沒有骨頭。」岳入雲回過頭望了她們一眼，微微一笑，又轉過身，司馬小霞一皺眉頭，道：「他的耳朵倒真尖。」這句話卻是故意讓岳入雲聽到的。

那四個僧人露完了這一手，並不立即離場，齊都深深吸了口氣，群豪眼睛睜得更大，看他們還有什麼花樣。

無骨柔功

四個僧人中忽有一個倒躺了下來，兩條穿著紅緞子燈籠褲的腿向另一人一盤，四條腿竟像軟糖般的扭到一起，直像是沒有骨頭似的，躺在地上那人一抬腿，將另一人便抬了起來，在上面的人一彎腰，將躺在地上那人的手也像扭糖似的扭住，兩個人做成了一個圓圈，另外兩人中一人也躺到地上，伸著腳一勾，將那個圓圈勾了起來。

那僧人躺在地上，兩腿抬起，不住地動，另兩人做的圓圈就在那人的腳上打著轉，群雄看得發呆，連喝采都忘記了。

還有一個僧人站在旁邊，此時突然一躍而起，穿入圓圈中，身形不知怎麼一縮，竟嵌在那圓圈中，這麼一來，圓圈竟成了肉球，在那人的腳上轉動得也就更快了。

肉球越轉越急，群豪哄喝起采來，司馬小霞看得忘其所以，纖纖玉指戳到岳入雲的肩膀上，問道：「這是什麼功夫？」

岳入雲一驚，回頭一看，笑道：「小可也不大知道，大約是天竺密宗瑜珈柔功那一類的功夫吧。」

司馬小霞哦了一聲，忽然發現自己問話的對象自己根本不認識，不禁紅生滿面，剛低下頭去，樂詠沙卻打趣著笑道：「妹子，幸好你的金剛功沒有練成，不然這一下不把人家戳個透明窟窿才怪。」司馬小霞的臉更是紅到脖子上。

群豪讚聲未絕，那躺在地上的僧人腳突然一曲一蹴，群豪眼前又是一花，不知怎麼，那四個僧人又好端端的相對站了起來，方才斷了的喝采聲，此時更熱烈的響了起來。

四個僧人回轉身，向群豪一躬身，婀娜的走了回去，天赤尊者得意地笑道：「小徒們所使的雖不是正宗武術，只為博各位一笑，可也不是三年五載可以練得出來的。」

邱獨行笑道：「這個自然，無骨柔功，久為中原武林人士所豔羨，今日上人卻讓大家開了眼界。」天赤尊者不住點首微笑，心中卻在暗暗誇讚這千蛇劍客的見識果然廣，一下子就把無骨柔功的名字道破了出來。

邱獨行講話的聲音雖然不大，但卻每個字都清清楚楚的傳到群豪耳朵裡去，大家一聽，才知道這叫做無骨柔功，岳入雲回頭向司馬小霞道：「無骨柔功。」司馬小霞一笑，樂詠沙卻又在她背上擰了一把，她的臉又紅了起來。

「天赤上人的高足已為各位打開了場面。」邱獨行笑道：「各位也該將真功夫露一露。」言下隱含著中原武林人士可不能給外來的人比了下去，可是群豪眼看了方才那一手，沒有真功夫的越發不敢上去，有真功夫的，卻在自抬身價，不肯在這種時候就馬上跑出去亮相，天赤尊者傲然四顧，道：「難道小徒們的功夫，連引玉的磚頭都當不上嗎？」

他話聲方了，人叢中已走出一人來，群豪幾百雙眼睛不禁都盯在那人身上，心中卻都在奇怪：「這是哪一路的豪傑？」

原來此時走出來的、卻是個形容枯槁、身材瘦小的漢子，不但場中群豪沒有一人認識，就連邱獨行也在奇怪：「此是何人？」但他是何等人物，知道此時敢走出場子的必定有著非凡的身手，因為誰也不會願意在此時此地出洋相呀！

那瘦小的漢子走出場後，就朝四方作了個揖，尖聲道：「小子無名無姓，是武林中見不得人的小卒，此刻出來，可絕不敢算是獻藝，也更不敢和各位較量高下，只是手腳發癢，想出手隨便練練兩下子罷了。」

他說話的聲音時尖時粗，讓人聽起來極為不舒服，再加上長相不佳，大家都是冷眼觀之，他也不在乎，走到場中一坐馬，右掌一揚，左掌一沉，起手式竟是鄉下的莊稼把式雙盤掌。

他一掌一腳地打了起來，倒是中規中矩，可是這種把式只能在鄉下的破祠堂前面練，卻怎入得了這些武林豪客之眼？大家越看越不耐煩，差點就噓了起來，天赤尊者索性連眼睛都閉上了，根本不屑一看，司馬小霞道：「這算什麼玩意兒？」

司馬之回頭狠狠盯了她一眼，叱道：「少多話。」

邱獨行也在奇怪：「這人上來胡鬧嗎？」他再也想不到這人是這種把式，搖首之間，目光忽然一凜，發現了一樣奇事。

原來那人打拳踢腿間，地上鋪著的細沙上竟連一個腳印也沒有留下，這是何等的輕功，邱獨行眉頭一皺，知道此人此舉必定是有深意，於是目光動也不動的望著他，不敢有一絲大意。

那人一式一招似乎越練越有勁，漸漸打到那張紫檀木桌旁，雙手一立，又穿分，右腿筆直地踢上，正是一招金雞獨立腿，剛踢上去，身形一晃，像是站不穩了，整個人向那張紫檀木桌上撞去，旁立的四個僧人來不及阻擋，竟讓他整個人撞到天赤尊者的身上。

這一下突如其來誰也沒有想到，邱獨行臉上卻忽然露出一個笑容，像是因著有人替他做了一件他不能做的事而歡喜。

天赤尊者大怒之下一揮手，將那瘦子揮得連摔出去十幾步，那人卻站起來罵道：「我又不是故意撞你的，你何必這樣凶？」

天赤尊者越發氣往上沖，可是當著天下英雄，他得擺出一宗主的身分，可不能和這種人一般見識，只得將氣又忍了下去。

那人嘮嘮叨叨、罵罵咧咧地往回走，一副窩囊樣子，群豪又好看又好笑，那人走了一半，天赤尊者忽然厲喝一聲，連人帶桌子飛了起來，群豪大吃一驚，不知發生了什麼事。

那瘦子聽到這聲厲呼，身形也忽然暴起，一掠竟數丈，哪裡還是方才那種窩囊樣子？群豪又一齊大吃一驚。

天赤尊者兩條腿在桌子上一彈，腳底竟似裝了彈簧，從桌子上飛掠而起，桌子砰地掉到地上，他瘦長的身軀卻像是一枝箭似的射了出去，堪堪已到了那瘦子的身後，雙臂一伸，鳥爪似的手抓向那人背上。

哪知那瘦子身形卻突然在空中一頓，身形猛然往下一沉，腳尖一沾地，卻向另一個方向掠去，天赤尊者竟錯過了，群豪此時齊都動容，暗驚忖道：「這瘦子輕功竟恁的高絕。」

瘦子展開身法，「嗖嗖」兩個起落，又掠出五丈，面前突然排起一道光牆，原來那吹奏著樂器的八個僧人，此刻一排擋在他前面將手中的奇形樂器當作劍使，一齊向瘦子身上招呼。

天赤尊者一轉身，也掠了過去，瘦子似乎知道跑不出去了，突然高聲叫道：「慧兒，快走，不要管我了。」低頭一鑽，從天赤尊者掠來的身軀下鑽了出來，卻不往外逃，而掠到廳口，站在邱獨行旁邊，大聲叫：「幫主，那和尚瘋了。」

天赤尊者暴喝連連，火紅的袈裟在火光下更顯得刺眼，掠起時更像一團烈火，伸出雙臂，又向那瘦子抓了過去。身側卻突然有一股極強的力道襲來，竟使他掠起的身形一頓，落到地上。

這力道之強，卻是他生平所僅見。他大驚側顧，千蛇劍客卻正含笑站在他身側，淡淡說道：「上人，為何這麼大的火氣？」原來邱獨行竟以內家真氣擋住了他足以開山裂石的一抓。

他既驚更怒，長長的眉毛根根倒立，厲喝道：「姓邱的，你最好少管閒事。」此時他性命交關，一派宗主的架子，再也擺不起來了。

邱獨行依然微微含笑，道：「上人有什麼話好說，當著天下英雄，上人又何苦緊緊逼著一個武功不高的後輩呢？」

群豪都被方才這事驚嚇住了，誰也不知道這異邦來的和尚到底為著什麼發怒，有些閱歷較深的，雖也看出此事有蹊蹺，但此事發生的太過突然，大家除了驚嚇之外，誰也沒想到別的，當然也更不會想到那瘦子竟是名動武林的「無影人」。

駭然而驚

石慧滿腔怨氣，從那地穴中跑了出來，心裡卻在盼望白非能夠在後面叫她一聲，那她會馬上倒進白非強壯有力的懷抱裡。

但是她卻失望了，在這荒涼、陰寒的野地上奔馳著，滿眶俱是為情而生的眼淚，哪知卻讓她碰到了她的母親。

丁伶安慰地抱著她，詢問她流淚的原因，她不說，卻說是因為天赤尊者，天赤尊者要強迫她當和尚，還迷住了她，於是這個慈愛的母親就在計畫著為女兒復仇了，縱然對方是武林的魔頭天赤尊者，那正如母雞為了維護小雞會不惜和蒼鷹搏鬥一樣，何況丁伶還是隻強壯的母雞。

石坤天蟄居時苦研易容之術有成，丁伶和她女兒就喬裝為兩個枯瘦男子，混進了靈蛇堡，那遠比司馬小霞和樂詠沙的喬裝要高明得多了，是以並沒有人看得出來。

丁伶打了一趟雙盤掌，那是她特意在這幾天裡學來的，在使出金雞獨立時，她故意將身子倒在天赤身上，卻將武林中人聞而色變的無影之毒施放在天赤身上。

無影之毒之所以成為無影之毒，就是能使人在無形無影中被毒，並不一定要吃下去，丁伶此刻恨透了天赤，下的毒分量也奇重，哪知天赤尊者卻發現了，而且經過這麼長時間，還經過一番奔掠，竟還沒有倒下來。

丁伶不禁暗暗的吃驚，見到邱獨行替她接了一掌，她又放心了，因為她知道只要千蛇劍客出了頭，什麼事都好解決了。

天赤尊者吃了啞巴虧，卻說不出來，空自氣得像隻刺蝟，他總不能當著天下英雄說出自己被人下了毒還不知道呀？

他本是黝黑的臉色，此刻竟隱隱透出青白，邱獨行依然含著笑，突然道：「上人如果有什麼過不去，只管朝我姓邱的發作好了。」

丁伶心中暗暗感激：「千蛇劍客果然是仁人君子。」她卻不知道邱獨行是何等人物，心中早已另有打算了。

邱獨行一說出，群豪又都哄然，千蛇劍客和天赤尊者鬥一鬥，這是何等精彩的場面，司馬之卻暗暗忖道：「邱獨行果然聰明絕頂，他已看出這天赤尊者中毒極深，絕非自己敵手了，他這麼一來不但可藉著擊敗天赤尊者而更為揚名天下，而且還大大地收買了人心。」他和邱獨行三十年前已是素識，早已將邱獨行瞭解得極為透徹。

在這種情況下，天赤尊者唯一可走的路，就是接受邱獨行的挑戰，於是他厲聲喝道：「好極了，老衲已正想領教邱檀越獨步中原的武功哩。」

司馬小霞一嘟嘴，在樂詠沙耳邊輕輕說道：「這姓邱的叫別人不要動手過招，他自己卻來了。」樂詠沙噗哧一笑，將她的手擰了一把。

司馬之此時突然有個念頭在他心中極快的一動，毫不考慮的掠了上去，道：「邱兄是此會之主，怎可隨便出手？還是讓我來領教領教天赤上人妙絕天下的手法吧。」

邱獨行臉色一變，卻也說不出什麼別的話來，心中雖然將司馬之恨入切骨，口中卻不得不笑道：「司馬兄肯出手，那再好也沒有了。」

司馬之此舉，不但場中群豪吃驚，司馬小霞和樂詠沙也大為詫異：「爹爹今天怎麼會和別人搶著出手呢？」她們哪裡知道司馬之此舉卻是存心要拆千蛇劍客的台呢？

天赤尊者一張充滿寒意的臉變得更冷，說道：「你們隨便哪一個上全一樣。」長腳一動，生像是僅僅邁了一步似的，就已掠到場中。

司馬之朝邱獨行微微一笑，只有邱獨行瞭解他笑中的含義，卻仍聲色不露，這就是人家能夠成名的地方，無論到了何種地步，都能沉得住氣。

司馬之略為調勻了一下真氣，他知道天赤尊者雖然中了毒，但他是個極難應付的對象，白羽雙劍昔年揚名天下，此時卻已久未活動筋骨了，他雙臂一伸，身形電也似地掠進場中。

幾乎在他身形掠起的同一剎那裡，人叢中也有一條人影電射而起，和他同時站在天赤尊者的對面朝他一抱拳，笑道：「殺雞何用牛刀，對付這種人，何必要勞動司馬大俠的大駕，讓區區在下來，就足夠對付了這自命不凡的傢伙了。」

他居然將天赤尊者稱為傢伙，司馬之也駭然而驚，愕然望著此人，卻見他微微佝僂著身軀，臉上帶著一臉病容，他闖蕩江湖數十年，可是從未見過也從未聽過武林中有此人物，群豪又是譁然，但經過了方才丁伶那一次事，此刻倒也不敢對這滿面病容的漢子起輕視之心。

邱獨行站在廳口，卻清清楚楚的看到了這漢子掠進場裡時的身法竟不在司馬之之下，「此人是何許人呢？」他也不禁愕然，忖道：「難道中原武林中又出了什麼奇人嗎？」

天赤尊者生平尚是第一次被人稱為「傢伙」，而且是「自命不凡的傢伙」，他怎能再忍下去，暴喝一聲，當胸一抓，向那漢子抓去。

他所帶起的風聲，連站在旁邊的司馬之也感覺到了，微一錯步，溜開一丈，看著那滿面病容的漢子如何應付這享名武林數十載的天赤尊者的攻勢，卻並不退得太遠，準備那漢子一有失手，立刻加以援手。

滿面病容的漢子一笑，身形的溜溜一轉，佝僂著的身子像是一只剛離開繩子的陀螺，天赤尊者不待招術用老，手臂隨著那漢子轉動的身形移動，突然又一抓，手臂像是突然加長了半尺。

這一抓看似平淡無奇，識貨的人卻不免為那滿面病容的漢子捏上一把冷汗。

哪知滿面病容的漢子身形一抖，突然暴縮了許多，本來已是佝僂著的身子此刻竟縮成三尺長短，司馬之驚「呀」了一聲，暗忖：「這是縮骨法。」身形又一動，掠到廳口，因為他知道這滿面病容的漢子武功深不可測，根本不需要他的援手。

天赤尊者也似一驚，他身材本高，此時竟比那人高了幾乎三倍，滿面病容的漢子身形又一轉，轉到他身後，天赤尊者只覺得指風一縷襲向他雞尾下一寸的藏海穴，他身形一彈，彈起七尺，身形在空中一扭，下身未動，上半身卻整個扭了過來，長臂下抓，直取那人頭頂，群豪不禁哄然喝采，天赤尊者盛怒之下，竟施展出無骨柔功裡的絕頂手法了。

滿面病容的漢子一聲長笑，身形又暴長，雙掌揮出，竟硬接了天赤尊者這一招，兩人身形俱各一震，天赤尊者更大驚，這漢子掌上的力道雖然不強，但卻含蘊未盡，生像其中還包含著無窮的玄妙，使得他在一接觸到那種掌風之後，就趕緊將已施出的力量撤了回來，以求自保。

邱獨行亦是滿面驚詫之色，走到司馬之身側，悄悄說道：「此人是誰？」不等司馬之答覆，又道：「看他所用的手法，卻像是久已失傳的『達摩老祖易筋經』裡的無上心法。」

司馬之沉吟道：「縮骨術本是易筋經裡的心法，但他所施的招式卻又似糅合了各家之長，邱兄，你看，他這一招和太極門裡的『如封似閉』雖然有些相似，但運用起來，卻又像比『如封似閉』還更玄妙。」

邱獨行若有所思的說道：「此人的確是個奇人，不過我看他武功雖玄妙，功力卻不甚深，像是還年輕得很，只不過他得有這麼多武學上的不傳之秘，已足夠彌補他功力的不足了。」

他兩人在低聲談論著，場中群豪卻被這場百年難遇的比鬥驚得說不出話來，天赤尊者的幾個弟子本以為師傅穩操勝算，此刻也不禁張大了嘴，瞪圓了眼睛，緊張得連氣都透不過來。

天赤尊者昔年孤身入中原，連敗武林中的無數好手，此刻遇著這滿面病容的漢子，饒他使盡所有的身法，卻仍占不了半點好去。

兩人一動上手，片刻之間就是數十個照面，這兩人所施展的，俱是武林中人看也沒有看過的身法，群雄只能看到他們的身形在轉動著，至於他們所使的招式，卻無法看得清了。

無影人丁伶悄悄移動著身軀，她所放的無影之毒，數十年來從未曾失手過，此刻見了天赤尊者仍然無事，自然大驚。

司馬之和邱獨行不約而同的也有一個念頭在心中閃過：「這天赤尊者明明中了極厲害的毒，怎麼到此刻還沒有躺下？」兩人都不免暗稱僥倖，因為此刻在和天赤尊者動手的若是他們自己，那麼勝負還在未可知之數。而以他們的身分，卻是許勝不許敗的。

雲龍探爪

滿面病容的漢子身法怪異已極，有時凝重如山嶽，有時卻又輕如鴻毛，岳入雲自傲為後一輩的第一高手，此時也未免心驚。

天赤尊者瘦長的手臂像是全然沒有骨頭似的，隨意轉變著方向，出招的部分，全是出於人們意料之外，此時他已動了真怒，但舉手投足、真氣運行間，卻自覺已不如往日的靈便。

方才他已自知中了毒，但是他幼習瑜珈氣功密法，自信中了些許毒並無大礙，須知瑜珈密術至今仍在流傳，修習瑜珈術的苦行僧，每有科學所不能解釋之異行，有的能赤足行於炭火之上，有的能沉入水底幾日不死，有的能隨意食下烈性硫酸。

那天赤尊者亦曾習得這種瑜珈術，只是他貪杯之心太盛，又最好色，不能潛心於其中，但他卻自恃未將一些毒藥放在心裡。

他卻不知道無影之毒得自一代奇人毒君金一鵬，乃天下各毒之精粹，威力豈是等閒？此刻他覺得體內已有不適的現象，大驚之下出招更快，想早將這場比鬥結束，當然，他也未嘗不知道，他的對手卻並不是容易解決的呢。

「司馬兄，依你的看法，場中比鬥的這兩人，哪個取勝的希望較大？」邱獨行低語道。司馬之又一沉吟，方待答言，岳入雲卻過來插口道：「弟子看來，這天赤尊者怕要勝了。」

邱獨行道：「何以見得？」岳入雲道：「那面色蠟黃的漢子，此刻身形已不如先前靈便，像是真氣有些不繼的樣子。」他雙目注視場中，又道：「所以弟子有些奇怪，那面色蠟黃的漢子無論身法、招式都是弟子從未見過的高深武學，而且還身懷易筋經中縮骨術的秘傳，但從有些地方看來，他內功卻又像並不怎麼深湛，這倒的確是奇事了。」

邱獨行微微點頭，司馬之心中也暗讚許，這岳入雲不但武功高強，智力也超人一等，看來竟還在昔日的千蛇劍客之上。

於是他暗忖道：「這武林中百年難見的異材，的確千萬不可使之走入歧途。」心中動念間，場中群豪又是一聲驚呼。

原來那滿面病容的漢子身形左轉，雙掌都向右方推出，中途同時又猛然一沉，指尖上挑，掌心外露，一招兩式，襲向天赤尊者，不但快如閃電，出招部位也是曼妙而驚人的。

天赤尊者身軀一扭，待那漢子的一招堪堪落空，雙掌倏然下切，右膝卻舉了起來，腳尖隨時有踢出的可能，滿面病容的漢子撤招錯步，天赤尊者左肘突然一扭，右腿猛然踢出，右膝的關節也驀然一熱，那腿竟橫掃了出去。

這一招更是怪到極處，滿面病容的漢子避無可避，倏然一聲清嘯，身軀冉冉而起，司馬之失色道：「天龍七式。」

滿面病容的漢子使到這一招時，方是中原武林人士熟知的招式，群豪看得目瞪口呆，此時也低呼道：「天龍七式。」

無論任何人，在最危急的關頭裡，自然而然的就會使出他最熟悉的武功來，這滿面病容的漢子身形起處，嘯聲未斷，倏然又轉變了個方向，潛龍升天、雲龍探爪，雙掌下削，掌心內陷，五指箕張，雙腿微微擺動，保持著身形的穩定，也增加著身形的靈便，正是天龍門的嫡傳心法。

天赤尊者雙腿微曲，揮掌卻敵，身體卻突然起了一陣痙攣，手腳再也用不出力來，滿面病容的漢子招如迅雷，隨發已至，他竟然避不開，兩肩琵琶骨下突然一緊。

那滿面病容的漢子再也想不到此招竟會如此輕易的得手，十指齊一用力，真氣猛提，竟硬生生將天赤尊者瘦長的身軀拋了出去。

群豪一齊色變，隨即哄然喝起采來，誰也不知道天赤尊者致死的真正原因是因為體內毒發，卻都在驚異著名垂武林數十年、久享第一高手之譽的天赤尊者，亦傷在一個藉藉無名的滿面病容的漢子手上。

場中的騷動持續了許久，滿面病容的漢子卻在場中發著愕，像是他自己也被自己驚嚇住了，司馬小霞此刻方透出一口氣來，看到這滿面病容的側影，心中一動，悄悄推了樂詠沙一下，道：「喂，你看看這人像誰？」樂詠沙一望，懷疑的說道：「不會吧。」心中卻也在劇烈的跳動著。

滿面病容的漢子此刻身子站直了，不再佝僂，經過方才的一番劇鬥，他身心俱疲，額上微微沁出汗珠來，他下意識的用手拭去了，抬頭一望，司馬之和邱獨行並肩向他走來。

他再一拭汗，卻看到司馬之臉上驚異的神色，心頭一跳，暗忖：「糟了。」伸開手掌一看，掌上都是蠟黃的顏色。

他連忙轉身想走，司馬之卻已高興的高呼道：「賢侄，快過來。」他知道臉上所塗的黃藥已被自己拭去了，再也賴不掉，只得轉身迎了過去，笑道：「司馬老伯，好久不見了。」

司馬小霞一把抓著樂詠沙的手，高興的叫道：「果然是他。」

樂詠沙哎喲一聲，被抓著的手痛得叫出聲來，便罵道：「小鬼，是他就是他，你高興得這個樣子做什麼。」其實她心裡也未嘗不在深深地為他高興著。

岳入雲見了「他」，也認得，心中大為奇怪：「半月之前，他雖已可列為武林高手，但武功比起現在來，卻是差得極遠，半月之中，他武功進境怎能如此之速，難道他遇著神仙了？」

邱獨行側顧司馬之笑道：「司馬兄認得這位？」

司馬之笑道：「來，來，我替兩位引見引見，這位是千蛇劍客，他的大名賢侄諒已聽到過了。」滿面病容的漢子忙笑道：「邱老前輩的大名，晚輩心儀已久了，只恨無緣拜識而已。」

「閣下千萬別如此說，我雖然癡長幾歲，卻怎比得閣下天姿英武，邱某數十年來行走江湖，像閣下這種英才，倒的確是生平僅見，今日得見，實在是快慰生平的。」邱獨行微笑著說著，他的語調，永遠是那麼安詳而自然，讓人聽了非常舒服。

司馬之又指著那滿面病容的漢子說道：「這位就是天龍門掌門人赤手神龍的公子雲龍白非。」

邱獨行「哦」了一聲，問道：「令尊好嗎？」

白非垂首道：「家父已於年前仙去了。」

邱獨行長歎一聲，慨然道：「故人多半凋零，司馬兄，我們這般老不死的，真該收收骨頭了。」

司馬之暗忖道：「你倒裝得真像。」

群豪紛紛圍了過去，打量著這擊敗天赤尊者的奇人，司馬小霞跑過來，指著他鼻子道：「喂，你一聲不響的溜了，卻跑到什麼地方去學了這一身本事回來？」她這一嚷，白非臉紅到耳根，心中雖不好意思，對她的這種真情的流露，卻覺得甜甜的。

天下男人多半有這種心理，總希望別人對他好，至於他對別人如何，那卻又是另外一回事了。

天霄神珠

邱獨行暗暗有些驚異天龍門的武功，他是知道的，天龍七式雖然傲視江湖，赤手神龍也是武林中的一流高手，但這雲龍白非非但武功強爺勝祖，而且大多不是天龍門的嫡傳。

其實驚異的又何止邱獨行一人，司馬之知道白非這十天來必有奇遇，但又有誰能在十天之中將他調教得像是換了個人似的呢？

他們眼看這一突生之變，幾乎全忘了方才那個奇詭的瘦小漢子——丁伶，也忘了天赤尊者還有十二個徒弟，而丁伶冷眼旁觀，卻看到那四個僧人和八個和尚竟悄悄的繞到人叢外面，伸手入懷，好像將有什麼動作。

丁伶聰明已極，但是生性卻極為奇特，她知道將要有事發生，而這事絕對是對群豪不利的，只是她卻不願管了。

於是她悄然滑步，在人叢外搜索著，忽然有人伸手抓住她的手，她回頭一看，連忙低喝道：「慧兒，快走。」抓著那人就往外走。

丁伶拉著那人走出堡門，那人也是個瘦小漢子，不問可知，就是易釵而弁的石慧了，一出堡門，丁伶施展起身法，拉著石慧就走，石慧著急的問道：「媽，您老人家幹什麼呀？」

方才，她也看到了白非，因為女孩子們都有自尊心，她當然不能上前去招呼他，可是目光中的千縷柔情卻不由自主的纏在他身上，此刻被丁伶一把拉出來，心裡自然不願意。

「還不走幹嗎？」丁伶笑著說道：「那怪老和尚已經死了，你的氣已出了，老和尚的徒弟看樣子要玩出花樣。」她又笑了一聲，道：「這些鬼和尚的鬼花樣一定少不了，看樣子，他們那些人都要倒楣了。」

石慧倏然一變色，著急的說道：「媽，那些和尚真的要玩花樣嗎？」

丁伶笑道：「難道媽媽還會騙你不成？」

石慧驀然的掙脫了丁伶的手，轉身就走，嗖然幾個起落，又回到靈蛇堡那片林子裡，腳下毫不停頓，沿著碎石路飛奔，剛到堡門，就聽到堡中發生震天般幾聲巨響，煙霧迷漫而起，還夾雜著一片人們淒慘的呼號聲。

丁伶在後急喊著：「慧兒，快回來。」她像是沒有聽見，面色變得紙樣的蒼白，「嗖嗖」兩個起落，竄入了靈蛇堡裡。

夜色蒼茫，搖曳著的火炬光影裡，堡中一片迷漫著的煙霧，還夾雜著硝火硫磺之氣。

迷漫著的煙火中人影亂竄，像是一隻隻被火熏紅了眼睛的猴子，石慧飛快的衝進去，似乎已將自身的安危全然置之度外了。

「白非，非哥，白非……」她情急的高聲呼喊著，在人叢中亂竄，腳下有時竟踏著人的軀體，她連忙蹲下去看，竟沒有一人是白非，她長噓了口氣，又在亂竄中的人群中搜索著。

她不知道這究竟是怎麼回事，忽然耳邊又響起一聲巨震，她耳中嗡然一聲，肩頭上似乎被燒紅的烙鐵打了一下，就失去知覺了。

她剛一恢復知覺，耳邊就聽到一片呻吟的聲音，張開眼睛一看，已經是白天了。

她困難的轉動著身軀，發現自己是躺在一間安靜的雅室裡，側動一下，肩頭痛如刺骨，只得又躺了下來，呻吟的聲音若斷若續的從四面八方傳了過來，她從窗口望出去，外面竟是難得的好天氣，陽光照進來，照在她蓋著的雪白被子上。

伸出那隻沒有受到肩痛影響的左手，她想去捕捉那一份她久未見到的陽光，卻驀然一驚，連忙又將手縮回被裡，原來她的手臂竟是赤裸的，她的臉像玫瑰般的紅了起來。

我怎會到了這裡，她的臉越發紅，忖道：「是誰把我的衣裳脫了的？」她困難的將手伸下去一摸，放心的噓了口氣，腦海方一靜止，白非瀟灑清俊的人影又泛了起來。

「他呢？會不會也受傷了？」她焦急的忖道，眼前人影一晃，打斷了她的思路，睜開眼睛一看，一個她所熟悉的面孔正帶著一個她所熟悉的微笑走了進來，正是她念念不忘的白非。

她喜極，腦中卻又一陣暈眩，白非連忙走過來，站在床前，低低的說道：「慧妹，你醒了。」石慧的眼簾上泛起兩粒晶瑩的淚珠。

她不知道該說什麼話，這時候，世間所有的字彙都無法表示出她想說的話，房間裡一片寧靜，呻吟聲她也聽不到了。

天氣多美，生命畢竟是值得留戀的——

另一間房裡，有兩個歷盡滄桑的老人，一個躺在床上，另一個坐在床邊，在他們之間，往日的仇怨卻似乎不再存在了。

千蛇劍客額上包裹著白色布條上，有鮮紅的血跡，他躺在床上，望著坐在床側的司馬之——那他曾經以極不光明的手法，拆散人家夫妻的人——心中不禁更是感慨不已。

「司馬兄，你——」他歎著氣，停頓了一下，又道：「若是換了我，我一定不會如此做，也許——」他不安的一笑，又道：「也許我還會乘著你危急時，將你置於死地，唉，數十年來，只有我邱獨行對不起你，而你卻——」

司馬之微笑著打斷了他的話，說道：「以前的事，忘卻也罷，我們一日為友，就該終日為友，人非聖賢，誰能沒有過錯呢？」

寬恕，對於一個自知犯罪的人來說，是一種最大的懲罰，邱獨行臉上現出一種痛苦的絞痛，那和他以往安詳的笑容絕不相同。

「昔年的事，嫂夫人知道了真相嗎？」邱獨行緩緩說道，司馬之默然搖了搖頭。

邱獨行閉上眼睛，沉思了半晌，道：「解鈴還須繫鈴人，司馬兄，小弟發誓要將嫂夫人尋回，將此事解釋清楚——」

他長笑一聲，又道：「反正我辛苦籌畫的千蛇會被這麼一攪，也開不成了，以後——」他又長歎一聲，慨然說道：「小弟就隨司馬兄浪跡天涯，一面寄情山水，一面尋訪嫂夫人的下落，至於靈蛇堡以後的事，就交給入雲去辦好了，這孩子文武兩途都來得，將來成就恐怕還在你我之上呢。」

他一頓又道：「還有那雲龍白非，也是武林中的異才，唉，長江後浪推前浪，我們都老了。」

司馬之始終留意的傾聽著，臉上也露出感動之色，突然道：「天赤尊者的那幾個弟子，所用的究竟是什麼火器，怎麼如此厲害？」

邱獨行沉吟了半晌，道：「我曾聽說異邦有一種極厲害的火器，叫做天雷神珠，威力比山西姚家舖火神姚瑄的『霹靂神火箭』還要強上數倍，看來他們所用的就是此物了。」

誤會冰釋

門外有人輕輕咳嗽一聲，邱獨行道：「進來。」門簾一掀，岳入雲走了進來，他整潔的衣衫此刻滿沾著污穢，上面還有些被硝火所燒而生的破洞，但神采照人，目光炯然，那種俊逸英挺的樣子，絲毫未因衣衫之破爛而減色。

他朗聲道：「弟子該死，天赤尊者的十二個徒弟，還是讓他們跑了兩個。」

他緩了口氣，又道：「弟子昨夜費了一夜時間，捉住了九個，但他們分頭而奔，弟子實在是盡了力了。」

邱獨行點首道：「這也難為你了。」雙眉一皺，冷意又復森然，接著道：「你將那九個和尚暫且收押起來，等到群豪傷癒，再公議如何論處他們。」他憐惜的望了他那鍾愛的弟子一眼，又道：「你也太累了，好生去休息吧。」

岳入雲頷首去了，司馬之讚道：「你的這位高足，的確是人中之龍，可惜我就收不著這樣的好徒弟，難為你是怎麼物色到的？」

邱獨行笑道：「你的那兩位千金也並不遜色於鬚眉呢。」忽然又道：「另外一個喬裝為男子，肩頭受傷的少女又是誰呀，看樣子，她和那雲龍白非倒像是一對愛侶哩？」沉吟了半晌，他又道：「依小弟看，她和那個瘦小身軀、在天赤尊者身上暗中施了毒的漢子，必定是一路的。」

司馬之一拍大腿，道：「這就對了，那小瘦子必定也是女扮男裝的，一定就是石慧的母親、無影人丁伶。」

邱獨行驚哦了一聲，道：「怪不得那人輕功高絕，下手又狠又準，無影人傳名江湖也有許多年了，聽說她後來嫁給武當劍客石坤天了，想來那少女就是她和石坤天所生的子女吧。」

司馬之頷首道：「那石坤天我倒看過，溫文爾雅，一臉書卷氣，倒是個人物，日前匆匆一聚，我本想和他交交，只是他行色匆匆，交談了兩句就走了。」他忽然想起那日石慧失蹤的事，轉念忖道：「她大約是被媽媽帶走了。」也就將此事擱下。

兩個老人在娓娓清談著，石慧和白非也在喁喁低語：「你在那個鬼地洞裡怎麼不理我？」石慧嘟著嘴撒嬌的問道。

白非站了起來，在房子裡打了一個轉，突然回過頭，氣憤的問道：「那天你在小鎮和一個男人那麼親熱的說著話，那人是誰？」

石慧想了一下，噗哧一聲笑了出來，故意說道：「我偏不告訴你。」

白非一甩手想往外面走，氣道：「你不告訴我就算了。」走了兩步又回過頭，指著石慧道：「你──你──」氣得發昏的說了兩個你字，下面卻說不下去了。

石慧噗嗤又笑了一聲，嬌聲說道：「看你氣成這副樣子，快過來，我告訴你那人是誰。」白非不由自主的移動腳步，走到床前，石慧笑著說道：「那人就是我的爸爸。」

白非一怔，忍不住笑了出來，問道：「真的？」

其實他心裡已一百二十個相信了，石慧嘴一嘟，賭氣說道：「你不相信就算了。」

這一對小兒女，經過一次誤會之後，情感又深了一層。

石慧問道：「昨天到底是怎麼回事呀？」

「我也不大清楚，正和千蛇劍客談著話，忽然四面擲下數千百個鐵彈丸，我和司馬老伯、千蛇劍客和岳入雲幾個人都將手掌一揮，發出掌風將那些彈丸揮了開去，哪知那些彈丸突然都爆炸了起來。」白非說道。

石慧道：「對了，那時我本來被媽媽拉走，剛走出去，媽告訴我堡裡可能要出事，我——」她羞澀的一笑，接著道：「我擔心著你，又趕了回來。」

白非捉住她的手，萬種溫馨，無言可述。

「我剛進堡門，就是一聲巨震，還有著慘叫的聲，我更急了。」石慧道：「跑來跑去的找你，哪知又一震，我就昏了過去。」她纖指一指白非，嬌笑道：「你沒有受傷，我反而受傷了。」

白非將捉住她的手捏得更緊，說道：「是呀，場中群豪，受傷的人幾乎有一百個，現在睡得滿屋子都是，有的竟死了，連千蛇劍客在捉拿放火器的和尚時也不留意被一個在他頭上炸起來的火器炸破了頭，震得暈了過去。」他喘了一口氣又道：「那個和尚竟跑回來想下毒手，幸好司馬伯父趕了過去，一掌將那和尚擊斃，才將千蛇劍客救回來。」

石慧哦了一聲，道：「怪不得我聽到有好多呻吟的聲音，原來受傷的人都睡在這房子裡了，有一百個嗎？」

「嗯，連大廳上都睡了一地。」白非道：「千蛇劍客這次的大會，想不到竟被這幾個和尚鬧得一塌糊塗，再也開不了啦。」

石慧道：「那些從那麼遠趕來的人什麼事都沒幹，就先受了傷，真是冤枉。」

白非笑道：「你呢？冤不冤？」

石慧嚶嚀一聲，撒嬌道：「你壞死了。」

門外有人噗哧一笑，道：「他壞死了，你還要理他幹什麼？」隨著笑聲，走進一個人來，卻是羅剎仙女樂詠沙。

石慧粉臉又紅生雙頰，樂詠沙還在打趣著道：「他壞是真壞得可以，可是你呀，他一走，你也像是瘋了似的去找他。」回過頭，她向白非道：「說真的，你到底跑到哪裡去？一聲不吭的學了一身本事回來，卻害得我們好找。」

白非囁嚅著，九爪龍覃星曾再三叮嚀，叫他不能將這事說出來，白非又不會說謊，此時急得漲紅了臉，不知該怎生是好。

樂詠沙氣道：「你不說是不是？」門外有一人道：「他才不會說給你聽哩。」走進來一人，卻是司馬小霞。

白非更著急，結結巴巴的說道：「不是小弟不願說，而是，而是——」

樂詠沙一搖頭，嬌聲道：「別而是而是的了，不說就不說，我還不要聽哩。」逕自跑到床旁，去和石慧說笑去了。

司馬小霞朝他做了個鬼臉，也跟了過去，把白非丟在一旁，白非卻求之不得，正中下懷，躡手躡腳的走出了房去，長長噓了口氣，對這兩個刁蠻嬌縱的大姑娘，他實在有些吃不消。

儷影雙雙

雖然滿屋俱是呻吟之聲，然而這幾天，在石慧和白非心中卻是最安逸的日子，石慧雖然有時不免想著父母，但她知道她的父母都是身懷絕技的武林高手，走到哪裡去都不會有什麼意外的。

呻吟的聲音越來越少，群豪多半傷癒了，這靈蛇堡此刻真是熱鬧已極。白非和石慧在這萬分熱鬧中，過的卻是寧靜的生活，當兩個人在相愛著時，他們永不希望有任何人來打擾他們的寧靜。

秋愈深，寒意更濃，白非每天除了抽出幾個時辰來修習他在地穴中雖然參透，但卻仍未精熟的武功之外，幾乎都是和石慧在一起。

靈蛇堡外，那片樹林裡，是白非和石慧足跡常至的地方，靈蛇堡裡，每一個陰暗、僻靜的角落，也常可發現這一對儷人的倩影。

平靜的日子裡，也有偶然爆發的火花，那些江湖豪客，傷已痊癒的，飽食終日，無所事事，精力不免過剩，也就不免滋事，只是他們究竟還想得到自己是在靈蛇堡裡，也不敢太過張狂了。

已經十多天了，除了幾個真正傷重的，群豪大多已痊癒，嚷著要將禍首——天赤尊者的弟子們提出來重重懲罰。

除了已被司馬之一掌劈死的一個和尚以及逃脫的一個和尚一個僧人之外，剩下的九人被押了出來，他們神色已因被關了這許多天變得麻木而頹廢了，不消說，受傷方癒的群豪見了這九人，自然是恨入切骨，六個和尚還好，那兩個被人家發現果然是尼姑的僧人，所受的折磨可就更慘了。

須知人們大多潛伏著有一份虐待別人的心理，這種心理，在經過一段長時間無聊的時日之後，發作得也就更厲害了，何況這般江湖豪客——

於是，那種情形根本不需要描寫，大家也該知道其中的真相了。

離著很遠的地方，都可以聽見靈蛇堡裡傳出的慘呼聲和人們的哄笑聲，樹林裡一棵樹葉已將近落盡的大樹下，有兩個穿著粗布衣裳的漢子，聽了這聲音，面上露出切齒憤恨的神情，低聲說著一些話，恨恨的轉過頭走了去。

千蛇劍客邱獨行額上的傷也快結疤，他是忙碌著的，為著即將遠行，他似乎有許多事要做，然而有一件奇怪的事，卻被樂詠沙、司馬小霞和石慧這三個心思周密的女孩子發覺了。

原來只要天一入黑，邱獨行總要放下手中正在做的事，跑到堡後的園中轉上一個時辰，這情形本來沒有引起別人的注意，但日子久了，她們卻開始有些奇怪，這當然也是因為她們都年輕，好奇心太盛。

三個女孩子嘰嘰咕咕一商量，就想看看這邱獨行到底每天去做什麼，「也許是去練功夫去了吧。」她們在心裡暗中猜著，於是也想去偷看一下，千蛇劍客的武功她們還未曾看過哩。

她們商量的事，白非當然也知道，可是他卻並不太感興趣，石慧一賭氣，自己去了。

她們當然不敢跟在邱獨行之後進去，千蛇劍客走了半刻之後，她們三人一打眼色，也就去了，天已經很黑，園中林木森森，想來必定也是千蛇劍客費了許多心力造成的，她們提著氣，儘量的不使。自己發出一絲聲響來，在這個黝黑的林園裡，探尋著這一代奇人——邱獨行的秘密。

這是一個占地廣大的林園，園的當中有一個水池，池邊山石斑駁，是一座假山，假山上流泉錚錚，竟有一個小瀑布倒掛而下，建造得非但精巧，也好看得很，想見建此之人頗具匠心。

圍著這水池，幾乎全是林木，有鵝卵石鋪成的小徑，在林中交叉著，炎夏時來此，必可一清耳目，只是此刻已是深秋，樹上的葉子已幾乎落盡，即使還有些，也已枯黃得失去了光澤了。

滿徑落葉，秋風蕭索，自然難免有颯然之聲，樂詠沙、石慧、司馬小霞等心中竊喜，風聲掩飾了她們身形動時所難免發出的衣袂之聲，無異是幫了她們很大的忙。

三人一商議，樂詠沙一搭司馬小霞的肩頭，微一用力，颼然上了園旁兩丈多高的圍牆，極目四眺，又飄然落了下來。

「怎麼？」石慧輕聲問道，羅剎仙女一聳肩膀，無可奈何地一笑，搖了搖頭，這三個藝高膽大、好奇心極強的女孩子，白花了一個時辰搜索，卻半點兒結果也沒有得到。

但是她們心裡卻又起了疑惑，司馬小霞一拉石慧的手，問道：「喂，他假如沒有到這裡來，又到哪裡去了呢？」

石慧學著樂詠沙的樣子，也一聳臂膀，搖頭道：「我怎麼知道？」她似乎認為這個姿勢很好玩，噗哧笑了起來。

樂詠沙啪的打了她一下，咯咯笑道：「說正經的，他假如到了園裡，我們怎麼會找不到他，難道他會遁形法嗎？」

「這也說不定。」石慧笑道。

樂詠沙秀眉一皺，道：「我總認為這邱獨行有點鬼鬼祟祟的，說起話來，總帶著笑，一定不是什麼好東西。」

司馬小霞哼了一聲，道：「你這是什麼推斷，難道說話帶著笑的就不是好人嗎？」她挪移了一下，又接著道：「我說話時也是喜歡笑的。」

樂詠沙嬌笑道：「你本來也不是好東西呀！」

石慧笑得彎下腰。

女孩子永遠是這樣，永遠無法正正經經的完成一件事，也許她們開頭時是正經的，但到了後來，一笑一鬧，就虎頭蛇尾了。

三個女孩子嘻嘻哈哈的回到前面，一個個笑得花枝亂顫，若有人問她們為什麼笑，她們自己也未必知道，這就是女孩子。

她們笑著鬧著，走到堡裡，對那些直著眼睛看著她們的江湖豪客，像是根本不在乎，那些江湖豪客對她們也就是看著而已，因為大家全知道，這三個小妞兒可真惹不起。

突然有人道：「你們瘋什麼？」

她們抬頭一看，原來是司馬之，含笑站在司馬之身側的卻是她們探查了半天的千蛇劍客。

她們可全怔住了，心裡想問：「你幾時回來的？」可又不敢問出來，憋著一肚子疑團，望著邱獨行，希望在他臉上能找出一點兒線索。

可是邱獨行臉上卻只有那他慣有的笑容，並且向石慧問道：「白非呢？」

石慧一搖頭，道：「不知道。」臉不禁紅了。

兩個老人哈哈大笑著走了開去，待他們走遠了，樂詠沙做了個鬼臉，道：「他那麼高興幹什麼？」她可沒有想到，她的爹爹也是蠻高興的樣子，又道：「我看著他笑就生氣。」

司馬小霞當下也表示，這邱獨行每天的行動其中一定含著秘密，而這秘密，卻是極有可能對大家不利，於是她們決定，明天非探查個水落石出不可。

請續看《遊俠錄》下

古龍真品絕版復刻 8

遊俠錄(上)

作者：古龍
發行人：陳曉林
出版所：風雲時代出版股份有限公司
地址：10576台北市民生東路五段178號7樓之3
電話：(02) 2756-0949　　傳真：(02) 2765-3799
封面影像處理：許惠芳
執行主編：劉宇青
行銷企劃：林安莉
業務總監：張瑋鳳
出版日期：2022年11月
ISBN ：978-626-7153-29-1

風雲書網：http://www.eastbooks.com.tw
官方部落格：http://eastbooks.pixnet.net/blog
Facebook：http://www.facebook.com/h7560949
E-mail：h7560949@ms15.hinet.net
劃撥帳號：12043291
戶名：風雲時代出版股份有限公司

風雲發行所：33373桃園市龜山區公西村2鄰復興街304巷96號
電話：(03) 318-1378　　傳真：(03) 318-1378
法律顧問：永然法律事務所 李永然律師
北辰著作權事務所 蕭雄淋律師

行政院新聞局局版台業字第3595號 營利事業統一編號22759935

定價：320元　

國家圖書館出版品預行編目資料

遊俠錄(古龍真品絕版復刻 8-9)／古龍著. --
臺北市：風雲時代出版股份有限公司，2022.08
冊；　公分.
ISBN : 978-626-7153-29-1（上冊：平裝）
ISBN : 978-626-7153-30-7（下冊：平裝）

857.9　　111009934